Lass dich berühren

von der
Weihnachtsbotschaft,
sie begleitet dich
durch das ganze Leben.

Birgit Ortmüller

Birgit Ortmüller [Hg.]

Erzähl mir von deinem Weihnachten

Geschichten für eine besondere Zeit

Butzon & Bercker

Inhalt

Weihnachten kommt

ZU MIR UND DIR

Letztes Jahr habe ich mich so sehr auf den Advent und die Weihnachtsfeiertage gefreut.

Ich habe meine Wohnung geschmückt, mir extra ein Adventsandachtsbuch besorgt, einen Adventskranz gebunden, für meine Kolleginnen und Schüler*innen kleine Weihnachtsgeschenke mit christlicher Botschaft gebastelt, Weihnachtsmärkte besucht, Geschenke eingepackt und Plätzchen gebacken.

Es war viel los – wie eigentlich bei jedem.

Aber auch in meinem Inneren war viel los: Ich habe gemerkt, dass ich Abschied nehmen muss von meiner Lebensvorstellung. Sie war nicht länger realistisch. Das tat weh. Ich habe mich nach Gott, seinem Eingreifen, seinem Handeln in meinem Leben gesehnt, konnte ihn aber weder spüren noch wahrnehmen.

Ich habe viel getrauert, einen großen Unfrieden in mir gehabt.

Gleichzeitig wurde mir offenbart, dass ich aus meiner Wohnung aus-

VORWORT

Liebe Leserin, lieber Leser,

Weihnachten hat einen festen Platz in meinem Herzen. Jedes Jahr freue ich mich auf diese festlichen Tage im Dezember. Die Weihnachtsbotschaft berührt mich und lässt mich froh und dankbar werden. Mit der Geburt seines Sohnes kommt Gott uns Menschen ganz nah, der Retter ist geboren. Diese Liebe will uns ein Leben lang erfüllen und Frieden schenken, auch über die Weihnachtszeit hinaus. Alle Geschichten berichten von den Erlebnissen rund um das Weihnachtsfest. Sie berühren die Herzen und erzählen von dem Kind in der Krippe, das Heil und Segen bringt.

Ihre

Birgit Ortmüller

Flüstere
deine Weihnachtswünsche
in die klare Winternacht,
die Sterne strahlen dir entgegen,
der Himmel ist offen.

Birgit Ortmüller

ziehen muss – noch vor Weihnachten. Meine Weihnachtsdeko hätte ich mir also sparen können. Denn Umzugskartons und Weihnachtsdeko passen nicht zueinander.

Es ging mir nicht gut, alles war schwer, von Weihnachtsstimmung keine Spur. Mein Leben fühlte sich an wie ein Kampf. Es war eine herausfordernde Zeit, die mir deutlich gemacht hat, dass genau in meinem Unfrieden, in meiner Gefühlslage, Weihnachten zu mir kommt, egal ob ich „vorbereitet“ bin oder nicht. Weihnachten kommt zu mir, in meine unaufgeräumte Wohnung.

Es wird Weihnachten, auch wenn noch nicht alles dekoriert oder geputzt ist.

Egal ob Umzugskartons in der Wohnung stehen, egal ob ich das Handeln Gottes spüre oder nicht. Ganz gleich wie ich mich fühle, wie es mir geht.

Weihnachten kommt zu mir und bringt sein Licht mit.

Das Licht, das leuchtet und wärmt.

Weihnachten will meine Dunkelheit erhellen, auch wenn alles um mich herum, trotz der vielen Weihnachtslichter auf den Straßen, dunkel scheint.

Weihnachten will mir Frieden schenken, auch wenn ich diesen Frieden gerade vielleicht gar nicht spüren kann.

Auch wenn ich traurig, überfordert bin. Wenn ich trauere, um meine Lebensvorstellungen, um Abschiede, um liebe Menschen.

Gott spricht mir zu:
„Fürchte dich nicht. Es sei
Friede auf der Erde bei den
Menschen."
Ich vertraue auf Gottes
Engelsbotschaft.
Weihnachten kommt
zu mir und auch zu dir.

Denn Jesus kommt zu uns. In unsere Welt, in mein und dein Leben, mit all dem Schönen und dem Schweren. Er kommt und gibt uns sein Licht, seinen Frieden. Und das will ich an Weihnachten feiern.

Jesus kommt. Er, der Retter der Welt, kommt zu mir, zu uns. So wie wir sind. So wie es uns geht. In unsere Situation hinein sagt er uns: „Fürchte dich nicht!"

Weihnachten kann kommen, ich freue mich und bin bereit. Du auch?

Lydia Bilger

Gott spricht mir zu:
Fürchte dich nicht.
Es sei Friede auf der Erde
bei den Menschen.
Ich vertraue auf Gottes

Engelsbotschaft.

Weihnachten kommt zu mir
und auch zu dir.

Lydia Bilger

Es wird *Weihnachten*

Auch ohne Schnee, Dekoration, Einkaufsstress und bunte Päckchen. Das Fest möchte dich beschenken, dein Herz erreichen und dort einziehen. Bist du bereit und öffnest dich für die Weihnachtsbotschaft? Was erfreut und was betrübt dein Herz?

Weihnachten kommt zu allen Menschen. Das Fest macht keinen Unterschied, ob du fröhlich bist oder Sorgen dich belasten. An jede Herzenstür klopft es an. Kannst du das Pochen hören?

Weihnachten will berühren, weckt Glückseligkeit und Geborgenheit, aber auch Wehmut. Die Weihnachtsbotschaft „Fürchtet euch nicht, denn euch ist heute der Heiland geboren" schallt laut und klar durch die sternenklare Nacht des Heiligen Abends. Da gibt es keine Ausnahme. Jeder soll es hören und alle Freude, aber auch alle Sorgen finden ihren Platz in der Krippe.

Es wird Weihnachten bei dir und bei mir.

Birgit Ortmüller

Mein wertvollstes *Weihnachtsgeschenk*

Für mich war und ist Heiligabend ohne Gottesdienst nicht vollständig. Vor allem als Kind war der anschließende Weg nach Hause voller Vorfreude und Erwartung.

Während meine Eltern im Wohnzimmer verschwanden, musste ich zunächst im Flur warten. Ich hörte ihr leises Gewisper, während ich ungeduldig auf der kalten Treppe saß. Es klapperte, knisterte und raschelte. Nach einer gefühlten Ewigkeit wurde der Weihnachtsbaum erleuchtet und das Oberlicht gedimmt. Endlich öffnete sich die Tür und ich trat mit großen Augen ein. Es war so spannend und geheimnisvoll, dass ich nicht wusste, wohin ich zuerst schauen sollte. Meine Eltern hatten eine ganz besondere Atmosphäre gezaubert und der Weihnachtsbaum mit den Strohsternen sah einfach wundervoll aus – jedes Jahr aufs Neue. Es wurden Geschichten gelesen und wir musizierten und sangen Weihnachtslieder. Natürlich gab es auch Geschenke, aber an die meisten kann ich mich kaum noch erinnern. Eindrucksvoller ist für mich im Nachhinein die Liebe, mit der meine Eltern diese Abende Jahr für Jahr vorbereitet haben. An den Weihnachtsabenden sprach mein Vater manchmal von seiner Kindheit und wie er das Fest damals erlebte. Nach dem

Kirchgang hatten sich Eltern, Kinder und Großeltern in der zwölf Quadratmeter großen Küche getroffen. Alle hätten dort eng unter dem mit silbernem Lametta geschmückten Tannenbaum gesessen, den sein Vater aus dem Wald geholt hatte. Warm und gemütlich sei es an dem alten Ofen gewesen. Man habe viel erzählt, gelacht, gesungen und selbst eingelegtes Sauerkraut mit Würstchen gegessen. Und noch immer erinnerte er sich an sein allerschönstes Weihnachtsgeschenk, das er als Achtjähriger bekommen hatte: einen Motorradfahrer samt Beiwagen aus Blech, der im Kreis fahren konnte. Zwischendurch habe das Gespann angehalten und der Fahrer sei abgestiegen. Nach kurzer Rast, so verriet mein Vater uns begeistert, habe sich dieser dann wieder auf seine Maschine geschwungen, um seine Runde fortzusetzen.

Ungefähr 25 Jahre später, im Jahr 2001, wurde mir das Gefühl aus Kindertagen nochmals geschenkt. In diesem Jahr hatte sich für mich und meinen Mann alles verändert. Wir waren eine Familie geworden und als wir an diesem Heiligabend aus der Kirche nach Hause gingen, lief ein kleiner, zweijähriger Junge an unserer Hand! Von einer Frau in der Ukraine geboren und uns von Gott geschenkt. In diesem Moment konnte ich sie wieder spüren: diese kindliche Freude, diese Spannung und diesen heiligen Frieden, der über der Stadt lag. Ich war so glücklich und dankbar und in diesem Augenblick fühlte ich mich ganz besonders von Gott geliebt.

Auch im Jahr 2022 war Heiligabend in unserer Familie etwas ganz Besonderes: Unser Sohn hatte sich auf die Suche nach seiner ukrainischen Herkunftsfamilie gemacht und in den Kriegswirren eine leibliche Schwester gefunden, die kurz vor Ostern mit Mann und Kind nach Deutschland geflüchtet und in seine Nähe gezogen war. Wir alle fühlten uns unendlich von Gott beschenkt.

An diesem Weihnachtsabend sangen wir die Weihnachtslieder in zwei Sprachen: auf Deutsch und auf Russisch …

Gottes Wege sind unfassbar und einfach wunderbar. Im Wandel der Zeit hat sich in unserer Familie vieles verändert, aber eines ist gleich geblieben: Auf die entscheidenden Dinge im Leben hatten wir keinen Einfluss. Es sind Geschenke unseres Herrn, denn er weiß ganz genau, was wir brauchen.

Das größte und
wertvollste Geschenk jedoch
war die Geburt seines Sohnes,
der am Kreuz für uns und
unsere Sünden starb.
Und dieses
Geschenk immer wieder
anzunehmen –
das ist Weihnachten für mich.

Anja Wenzek-Grüneberg

Gottes Wege
sind unfassbar
und einfach
wunderbar.

Anja Wenzek-Grüneberg

Heiligabend
AUF DEM CAMPINGPLATZ

Sie machen doch was an Heiligabend für uns? Da können Sie uns doch nicht allein lassen", sagte mir der Campingplatzchef beim Abschied unseres Sommerferienprogramms. Wir hatten ein abwechslungsreiches Programm mit Lagerfeuer, Gute-Nacht-Geschichten, Familienwanderungen und schönen musikalischen Gottesdiensten im Freien gehabt. Und vor allem hatten wir viele persönliche Gespräche über Gott und das Leben geführt, dabei viel mehr zugehört als geredet. Unser Team bestand aus zwei Schauspielern, einem Oberschüler aus der 13. Klasse und mir, der ich als Projektleiter nur temporär anwesend war.

„Ja, mal sehen", war meine Antwort. Als ich meinem Zivildienstleistenden davon erzählte, sagte er: „Wenn du willst, mache ich mit!" Damit war die Entscheidung schon gefallen. Denn er war ein talentierter Musiker am Keyboard und eifriger Christ. Ohne Musik und Begeisterung hätten wir keine Christmette am Heiligabend auf einem Campingplatz feiern können.

Dann war es so weit. Am 24. Dezember war jedoch kein Weihnachtswetter, es regnete ein wenig und ein grauer Himmel verbreitete keine Weihnachtsstimmung, wie es Frost und Schnee bewirkt hätten. Na ja, dachten wir, wer wird schon bei diesem Wetter auf dem Campingplatz feiern wollen? Als wir auf den Platz fuhren, staunten wir über die Lichterkettendekoration, den großen, schön geschmückten Weihnachtsbaum und die erleuchtete Gaststätte. Hier sollte die Christ-Vesper stattfinden.

Der Platzchef begrüßte uns sehr freundlich mit den Worten: „Ach, was bin froh, dass ihr gekommen seid, die ganze Hütte ist schon voll mit Gästen."

Wir bauten das Keyboard auf und unser Zivi begann sofort damit, Weihnachtslieder zu spielen. Der Gastgeber hatte schon einen großen Tisch mit vielen Geschenken vorbereitet, in der Mitte stand eine große selbst gebaute Weihnachtskrippe. Dazu stellte ich mein selbst hergestelltes Kreuz, ebenfalls aus Naturholz, auf. Sofort änderte sich die Stimmung in dem ganzen Raum.

Ich begrüßte die Gäste mit dem Hinweis: „Hier ist jetzt das Wohnzimmer des neugeborenen Kindes und hier darf niemand einfach so dasitzen, ohne alle Menschen in seiner Umgebung sehr persönlich zu begrüßen." Dem Aufruf folgten alle mit Begeisterung. Die so entstandene Freude drückte sich wenig später in dem lautstarken Gesang des bekannten Weihnachtsliedes „Alle Jahre wieder" aus.

Alle Jahre wieder kommt das
Christuskind auf die Erde
nieder, wo wir
Menschen sind.

Kehrt mit seinem Segen ein in
jedes Haus, geht auf allen
Wegen mit uns ein und aus.

Ist auch mir zur Seite, still und
unerkannt, dass es treu mich
leite an der lieben Hand!

Darüber habe ich dann in meiner Predigt gesprochen. Welch ein Glück, dass Gott in einem Kind zu uns auf die Erde gekommen ist. Ein Mensch wird wie wir und einkehrt in jede menschliche Behausung, nicht nur in die festen Häuser, sondern auch in die Wohnwagen auf dem Campingplatz. Überall dort, wo Menschen mit offenen Herzen sind. Um uns still und manchmal unerkannt bei der Hand zu nehmen und uns durch unser Leben zu führen. Ich merkte, wie die Camper mir sehr aufmerksam zuhörten. Dann erzählte ich noch die norwegische Geschichte von dem Hirtenjungen, dem im Gebirge bei der Suche nach einem verlorenen Schaf ein Engel erschien. Dieser schenkte ihm eine silberne Flöte mit sieben wunderbaren Tönen und dem Hinweis: „Auf, geh nach Bethlehem in einen Schafstall, dort ist der Hirte aller Menschen geboren. Geh, der Stern zeigt dir den Weg.“ Der kleine Hirtenjunge war etwas verwirrt, aber er ging sofort los. Unterwegs stolperte er über einen Stein und fluchte kräftig, dann warf er die Flöte nach dem alten Wolf, der plötzlich ihm entgegenkam. In Bethlehem musste er sich noch mit einigen Gassenjungen schlagen, die ihm die Flöte abnehmen wollten. Bei all diesen unangenehmen Erlebnissen verlor er einige Töne auf der Flöte. Als er schließlich vor dem Schafstall stand, wo der Stern hell und klar leuchtete, fuhr es aus ihm heraus: „Was, in dieser Bruchbude soll der Hirte der Welt geboren sein?“ Als er schließlich in die Hütte kam, war das gesuchte Schäfchen auch schon da. Er kniete vor dem Kind und spielte auf der Flöte mit nur noch einem Ton. Er pfiff auf dem letzten Loch. Da reckte das Jesus-Kind seine Hand aus und berührte die Flöte. Im gleichen Augenblick kamen alle verloren gegangenen Töne zurück und erklangen wunderschön.

Dies Wunder geschieht auch heute noch, wenn Menschen aus dem „letzten“ Loch pfeifen. In der Begegnung mit dem Kind in der Krippe bekommen sie vielleicht nicht alles zurück, was sie verloren haben in ihrem Leben, aber sie empfinden das tiefe Gefühl, von Gott geliebt zu werden, und können spüren, wie Gott sie bei der Hand nimmt.

Viele der Zuhörenden hatten Tränen in den Augen, der Platzchef weinte heftig hinter der Theke. Als wir nach dem Gebet dann miteinander das klassische Weihnachtslied

„O du fröhliche, o du selige,
gnadenbringende
Weihnachtszeit“

anstimmten, wurde es Weihnachten, in der Gaststube wie auch in den Herzen der Menschen.

Willi Stiel

O du fröhliche

O du fröhliche, o du selige,
gnadenbringende Weihnachtszeit!
Christ ist erschienen, uns zu versühnen:
Freue, freue dich, o Christenheit!

O du fröhliche, o du selige,
gnadenbringende Weihnachtszeit!
Himmlische Heere jauchzen dir Ehre:
Freue, freue dich, o Christenheit!

Überliefert

Weihnachten

Liebeläutend zieht
durch Kerzenhelle,
mild, wie Wälderduft,
die Weihnachtszeit.
Und ein schlichtes Glück
streut auf die Schwelle
schöne Blumen
der Vergangenheit.

Hand schmiegt sich an Hand
im engen Kreise,
und das alte Lied
von Gott und Christ
bebt durch Seelen
und verkündet leise,
dass die kleinste Welt
die größte ist.

Joachim Ringelnatz

Hoffnung

Weihnachten ist Balsam für unsere
Seele, wir kommen zur Ruhe.
Bewahren wir uns diese Stille
und nehmen wir sie mit in unseren Alltag.
Lernen wir, die Weihnachtszeit wieder
mit den Augen der Kinder zu sehen.
Wir werden staunen, was wir
alles entdecken.

Lassen wir die Weihnachtsbotschaft
in unser Herz; sie dringt als helles Licht
in das Dunkel unserer Zeit und gibt
Hoffnung und Zuversicht.

Gib deinen
Gedanken Raum,
gerade in der

Weihnachtszeit,

sie geben dir liebevolle
Erinnerungen zurück.

Birgit Ortmüller

Glückliche Rettung
in der Weihnachtszeit

Da geht bei mir die Bürotür auf, ein Mann kommt herein mit einem kleinen, laut weinenden Kind an der Hand. „Hier schau mal, der ist doch bestimmt einer von euren." Er weiß, dass wir kleine Enkel haben. Ich muss ihn enttäuschen. „Nein, das ist keiner von unseren. Wo hast du ihn denn her?" Wir schauen uns verständnislos an. „Drüben auf der Landstraße stand er, circa 200 Meter von hier weg." Ein kleiner verheulter Junge mit einer dicken Strickmütze auf dem Kopf und ganz vermatschten Gummistiefelchen. „Ja, wem mag der abhandengekommen sein? Gibt's denn so was?"

Der „Finder" ist etwas ratlos, wir Frauen, meine Mitarbeiterin und ich, kommen ihm zu Hilfe. Wir fragen bei den Nachbarn, doch auch dort wird kein Kind vermisst. Das kleine verängstigte Kerlchen schluchzt und bringt ab und zu ein klägliches „Ma-maaa" heraus. Wie er heißt, kann er uns nicht sagen, dafür ist er noch zu klein. Wir schätzen ihn auf zwei, höchstens drei Jahre. In mein Auto möchte er nicht einsteigen. Erst als meine Mitarbeiterin auf dem Beifahrersitz Platz nimmt und ihn auf dem Schoß festhält, lässt sich die Fahrt bewerkstelligen. Das Autofahren gefällt ihm, in kurzer Zeit schläft er erschöpft ein. Wir stellen uns vor, in welcher Panik die Eltern sein müssen, und wünschen uns sehr, sie bald zu finden. Wir zeigen ihn herum, keiner kennt ihn, und überlegen, nun doch lieber einmal bei der Polizei zu fragen, ob eine Suchmeldung eingegangen ist. Nichts. Auch bei der Gemeindeverwaltung nicht. Wir sagen der Polizei, dass wir in den entgegengesetzten Nachbarort fahren und uns sofort melden, wenn sich etwas ergibt. Einen Streifenwagen will man schicken. Gesagt, getan. Wir fahren in der anderen Richtung durchs Feld, vielleicht ist dort jemand mit einer Arbeit beschäftigt gewesen, die dem Kleinen nicht gefallen hat, und er ist dann eben auf eigene Entdeckertour los. Seine Matschstiefelchen sprechen dafür. Er schläft noch, schluchzt aber immer wieder. Wir sehen eine Spaziergängerin, fragen, ob sie den Jungen kennt. Nein, sie meint aber, es habe jemand im Wald gerufen. Wir fahren in die Richtung, bleiben stehen, lauschen. Nichts! Als wir vom Waldweg zurückkommen, begegnen wir der Spaziergängerin erneut. Sie sagt: „Ich habe auf das Rufen geachtet, es müsste doch dort aus dieser Richtung kommen. Es hört sich an, als rufe jemand einen Namen." Wir fahren wieder zurück, weiter den Waldweg entlang, ein Motorroller am Weg lässt uns hoffen. Ich steige aus, rufe und hupe (in dieser besonderen Situation darf man das im Wald). Aus den Büschen kommt eine vollkommen verstörte und aufgelöste junge Frau zum Vorschein. Ich frage sie: „Suchen Sie ein Kind?" Sie versteht mich nicht, sie spricht kein Deutsch. Ich ermutige sie, in das Auto zu schauen. Was dann folgt, kann man nicht beschreiben. Sie schlägt die Arme auf die Brust, strahlt uns erlöst und dankbar an. Der Kleine ist inzwischen aufgewacht, streckt seine Händchen aus und nichts ist uns klarer, als dass die beiden zusammengehören. Meine Begleiterin und ich fühlen uns wie das Christkind persönlich. Der Fahrer des Motorrollers hatte sich auch an der Suche beteiligt. Er suchte im Wald und lief bergauf, der kleine Entdecker aber hatte den bequemeren Weg gewählt, bergab, und war immerhin über Stock und Stein, durch reichlich Matsch, fast einen Kilometer weit gelaufen. Er hatte gleich mehrere Schutzengel. Es gab einen Wasserlauf am Weg, Bahnschienen, die er überquert hatte, und „gefunden“ wurde er an einer relativ stark befahrenen Straße. Ein Glück, dass der „Finder“ ein Auge dafür hatte, dass so ein kleiner Junge noch nicht alleine unterwegs sein konnte. Dieser Mann hätte eigentlich als Belohnung diese „Strahleaugen“ der glücklichen Mutter verdient gehabt. Der kleine Junge gehört zu einem polnischen Ehepaar. Die Eltern waren mit einem Weidezaun beschäftigt gewesen und hatten nicht bemerkt, dass der Kleine die Gegend erkunden wollte.

Nach dieser Rettungsaktion kehren alle Beteiligten dankbar und glücklich in ihre Häuser zurück. Dort brennen bereits die Kerzen, Weihnachten ist nicht mehr weit.

Christel Ullrich

Weihnachten ist nicht mehr weit.

Sommer, Sonne, *Weihnachten?!*

Die Vorfreude auf den Heiligabend, Zimtduft in der Luft, funkelnde Lichter an Häusern und Straßen, Wintertage mit Schnee und Kälte, Zeit mit Familie und Freunden, leckere Naschereien und die Suche nach einem passenden Geschenk, das verbinden wir doch irgendwie alle mit Weihnachten, oder? Ein besonderes und ganz anderes Weihnachten erlebte ich vor zehn Jahren. Ich sollte ein anderes Fest feiern dürfen. So befand ich mich circa 12.000 Kilometer weit weg von Deutschland, in der Ferne, weit weg von der Familie und den Traditionen meiner bisherigen gewohnten Weihnachtskultur.

Im Dezember ist in Chile Hochsommer und daher spüre ich auch nichts von meiner mir bis dahin vertrauten Weihnachtsstimmung. Wir verbringen die Tage Mitte Dezember mit kühlen Getränken, springen in den Pool, fahren an den Pazifik, gehen schwimmen und genießen die sternklaren Sommernächte. Adventsstimmung im Dezember? – Davon merke ich nichts. Auch als wir einige Tage später bei 35 °C nach einem Bad im Pool deutsche Plätzchen backen, wofür uns zum Teil die Hälfte der Zutaten fehlen und wir daher improvisieren, habe ich eher das Gefühl, sehnsuchtsvoll auf die Sommerferien zu warten.

In der kleinen Wüstenstadt Vallenar kann man nun ein interessantes Phänomen beobachten. Vor den Geschäften und den Supermärkten werden plötzlich Tische mit schönem Geschenkpapier, Schleifen und Grußkarten aufgebaut. Die Chilenos stürzen sich, mit einem Eis oder einer Cola in der Hand, in die Weihnachtseinkäufe und lassen ihre Geschenke draußen für wenig Geld verpacken. Die Stadt verwandelt sich zunehmend in eine kitschige Sommerversion eines amerikanischen Weihnachtsfilms mit Plastiktannen, Girlanden und Weihnachtsdekorationen. Aus den Lautsprechern im Supermarkt höre ich das Lied „Last Christmas". In Weihnachtsstimmung komme ich aber nicht.

Auch ich bereite mich auf dieses mir in diesem Jahr so fremde Weihnachten vor und kaufe Geschenke ein. Auch hier darf ich bereits etwas Neues lernen. In Chile kauft man keine pragmatischen Geschenke, wie es in Deutschland oft üblich ist.

In der chilenischen Kultur hat das Schenken nämlich eine andere Bedeutung. Ein Geschenk soll einen Menschen für einen Moment glücklich machen. Die Person soll sich über das Geschenk in diesem Augenblick so richtig freuen, ob sie das Geschenk eine Woche später noch braucht oder verwenden kann, steht dabei nicht an erster Stelle. Natürlich werden alle Präsente liebevoll verpackt und mit einer Karte versehen. Ist es nicht genau das, wonach wir uns in der Weihnachtszeit sehnen? Wir suchen einen Moment Glück und Wohlbefinden, wir suchen nach einem Moment der Stille und finden diesen oft im Alltagstrubel und aufgrund der ganzen Weihnachtsfeiern nicht. Einige Tage später darf ich an einer großen Weihnachtsfeier einer Firma teilnehmen, die unser sozialdiakonisches Projekt für chilenische Jugendliche und Kinder unterstützt. Auch dort treffe ich auf weihnachtliche Verpackungen und Dekorationen. Inmitten von 300 Leuten komme ich mir eher wie bei einem Sommerfest vor: Wir trinken Softdrinks, essen Chips mit Avocado-Dip und andere Leckereien und tanzen zusammen Cumbia. Es ist kurz vor Weihnachten – Weihnachten ist aber für mich gedanklich in diesem Moment ganz weit weg.

Dann ist es endlich so weit, der 24. Dezember ist da. Auch an diesem

Tag starten wir mit viel Sonne und einem ausführlichen Bad im Pool. Zumindest nehmen wir Christbaumkugeln aus Plastik mit und werfen diese ins Wasser. Das ersetzt das für mich sonst gewohnte Schmücken des Tannenbaums am Morgen des 24. Dezember. Am Abend versammeln wir uns mit der gesamten Familie und allen ehrenamtlichen Mitarbeitern unseres Projektes. Plötzlich wird mir bewusst, wie stark ich mich an Weihnachten bisher von der Verpackung täuschen und lenken gelassen habe. Den Blick für das Innere und für den Kern von Weihnachten habe ich oft in meinen Gedanken weit weggeschoben.

Als wir bei 30 °C zunächst in fröhlicher Runde Tacos essen und auf die Weihnachtsgeschichte hören, wird mir neu bewusst, was Weihnachten wirklich bedeutet. Es geht darum, die Geburt Jesu zu feiern. Er wird ebenfalls in eine Situation hineingeboren, die alles andere als perfekt und vorbereitet ist.
Genauso fühle ich mich an diesem Weihnachtsfest: so ganz unvorbereitet, nicht in der richtigen Stimmung und mit der fehlenden Verpackung des sonstigen Weihnachtstrubels.

Aber Weihnachten kommt, auch wenn ich nicht in der Stimmung oder scheinbar äußer-

lich unvorbereitet bin. Weihnachten kommt auch ohne Kälte, Schnee und Tannenduft.

Weihnachten passiert innerlich, in unserem Herzen, wenn wir realisieren, dass Gott uns seinen Sohn auf die Welt gesandt hat.

Wir dürfen dieses Geschenk annehmen, egal wie die Umstände sind und in welcher Situation wir uns befinden. Es ist ein Geschenk, das wir in unsere Herzen aufnehmen können. Die Weihnachtsfreude an diesem Weihnachtsfest bleibt mir noch lange im Herzen erhalten, auch wenn am 26. Dezember der Alltag in Chile direkt weitergeht.

Warum hängst du dir also nicht einmal eine Christbaumkugel mitten im Sommer an deinen Sonnenschirm und lässt Weihnachten in deinem Herzen einkehren? Jesus erwartet dich mit offenen Armen und freut sich, wenn du sein Geschenk annimmst, auch ohne Verpackung und Dekoration.

Deborah Mann

Weihnachten

passiert innerlich,
in unserem Herzen,
wenn wir realisieren,
dass Gott uns
seinen Sohn
auf die Welt
gesandt hat.

Deborah Mann

Vertraut DEN NEUEN WEGEN

Es war Heiligabend und mein Freund und ich feierten unser zweites Weihnachtsfest. Wir bereiteten ein festliches Drei-Gänge-Menü vor, gingen zum Gottesdienst und erfreuten uns an unserem Essen. Anschließend begann die Bescherung und wir überreichten uns die Geschenke. Ich staunte nicht schlecht über mein Präsent. Es war ein handgeschnitztes Kruzifix, welches ich auf dem Weihnachtsmarkt bewundert hatte. Und dann las ich die Karte, die den folgenden Text beinhaltete: „Vertraut den neuen Wegen und wandert in die Zeit! Gott will, dass ihr ein Segen für seine Erde seid. Der uns in frühen Zeiten das Leben eingehaucht, der wird uns dahin leiten, wo er uns will und braucht." (EG 395) Mein Freund schaute mich an und fragte mich mit einem Lächeln: „Weißt du, was das bedeutet?" Ich schaute ihn nachdenklich an und dann kniete er sich vor mich hin und fragte mich: „Maria, willst du meine Frau werden?" Damit hatte ich nicht gerechnet. Ich war sehr überrascht und gerührt und habe seine Frage mit einem „Ja" beantwortet.

Wenn ich heute darüber nachdenke, staune ich immer noch. Denn Gott und Glaube waren schon bei unserem ersten Rendezvous ein

Gesprächsthema, und das, obwohl mein Mann aus der Kirche ausgetreten und ich kirchenfern war. Damals war mein Gottesbild das eines bestrafenden Gottes. In unserer Kennenlernphase unterhielten wir uns über Zukunftspläne, Wünsche und auch über die Familienplanung. Wir überlegten, welche Werte uns wichtig sind, nach welchen Werten wir leben und unsere Kinder erziehen wollen. Dabei stellte sich heraus, dass die christlichen Werte für unser Leben bedeutsam und wichtig waren, aber auch, dass wir sie bewusst in unser Leben übertragen sollten. Das bedeutete, dass wir uns damit auseinandersetzen mussten und deshalb begannen, Gottesdienste zu besuchen. Wir lasen in der Bibel und tauschten uns darüber aus. Dadurch gewann mein Glaube an Tiefe und mein Gottesbild veränderte sich vom strafenden Gott zum liebenden Vater. Mein Glaube wandelte sich von einem übernatürlichen Wesen, das über uns wacht, zu einer Beziehung zum dreieinigen Gott. Dem Vater, dem Sohn und dem Heiligen Geist.

Am Heiligen Abend dann: ein außergewöhnlicher Hochzeitsantrag. Wir feiern die Geburt von Jesus Christus und ich halte ein handgeschnitztes Kreuz in den Händen, an dem dieses Kind später als junger Mann gekreuzigt wird. Unpassend? Ganz und gar nicht, denn das Weihnachtsfest ist das Fest der Liebe, der Liebe Gottes zu uns Menschen. Jesus kam auf diese Welt mit dem Auftrag, uns Menschen Hoffnung und Freiheit zu schenken. Die Freiheit, Lebensballast bei Gott ablegen zu dürfen. Schuld, Schuldgefühle, Angst … Durch den Tod und die Auferstehung Jesu wird uns die Zusage geschenkt, dass wir auf ein ewiges Leben hoffen dürfen, wenn wir dieses Geschenk annehmen und an ihn glauben. Wir haben die Zusage Gottes, dass wir auch schon im jetzigen Leben jederzeit zu ihm kommen, ihn um Vergebung bitten dürfen. Er schenkt uns Frieden und Freiheit. Freiheit, nach vorn zu schauen, aus unseren Fehlern zu lernen und daran zu wachsen.

Eine Hochzeit ist ein Bund zwischen Menschen, die sich lieben. Jesus Christus ist der Bund zwischen Menschen und Gott, dem Vater. Rückblickend war es das schönste Weihnachtsgeschenk, das mein Mann mir machen konnte. Er hat von Anfang an Gott mit in unsere Ehe eingeladen und wir haben in den letzten 23 Ehejahren viel gelernt und engagieren uns ehrenamtlich in unserer Gemeinde.

Unser Glaube an Gott hilft uns in unserem persönlichen Leben und besonders in unserer Ehe, wenn es knirscht, Sorgen uns belasten, aber auch, wenn wir uns freuen und dankbar sind. Wir können alles bei Gott aussprechen. Gemeinsam oder jeder für sich. Wir vertrauen noch heute auf die neuen Wege, die uns jeder Tag bringt, und vertrauen darauf, dass Gott uns dorthin führt, wo er uns haben will. Ich wünsche dir, dass auch du das Geschenk Gottes annehmen kannst. Seine Liebe!

Vertraut den neuen Wegen, auf
die uns Gott gesandt! Er selbst
kommt uns entgegen.
Die Zukunft ist sein Land. Wer
aufbricht, der kann hoffen in
Zeit und Ewigkeit.
Die Tore stehen offen. Das
Land ist hell und weit. (EG 395)

Maria-Rosa Feustel

Ich wünsche dir,
dass auch du das

Geschenk Gottes

annehmen kannst.
Seine Liebe!

Maria-Rosa Feustel

Vertraut den neuen
Wegen, auf die uns
Gott gesandt!
Er selbst kommt uns entgegen.

Die Zukunft
ist sein Land.

Klaus Peter Hertzsch

Viel mehr als nur ein Fest

Gott, du kannst aus kleinen Sachen
riesengroße Wunder machen.
Du hast uns Weihnachten geschenkt.
Und wenn man es so recht bedenkt,
ist das viel mehr als nur ein Fest.
Es ist der Traum von einer Welt,
wo's Leben jedermann gefällt.
Es herrscht Gerechtigkeit und Frieden
und immer wird die Liebe siegen.
Wir danken für das kleine Kind,
mit dem die neue Zeit beginnt.

Wir bitten dich für hier und heute:
Mach aus uns kluge Weihnachtsleute,
dass wir in deinem Sinne leben
und, was wir können, gerne geben,
dass so dein Segen sich verteilt,
genau wie deine Fröhlichkeit.
Gott, du kannst aus kleinen Sachen
riesengroße Wunder machen.
Du hast uns Weihnachten geschenkt
und, wenn man es so recht bedenkt,
ist das viel mehr als nur ein Fest.

Anna Peters

Denn sie hatten *keine Herberge*

Ein Tag vor Nikolausabend, am 5. Dezember 2019.

In den meisten Familien wurden gerade die Stiefel geputzt und vor die Kinderzimmertür gestellt, im Glauben, heute Nacht kommt der Nikolaus und legt was in die Stiefel rein. Ganz nach der Legende vom Bischof Nikolaus aus Myra.

So nicht bei uns, die Kinder sind groß und aus dem Haus.

Mein Mann und ich waren am Renovieren und wollten nur noch eben die letzten Fliesen in der ehemaligen Küche abschlagen, um dann später den Abend bei einem Gläschen Wein mit guter Musik oder vielleicht einem Buch in der Hand ausklingen zu lassen. Wir standen mitten im Dreck und Staub. Die Lichterketten am und im Haus waren schon längst durch die Zeitschaltuhren angegangen. Alles war schön weihnachtlich dekoriert. Ich liebe es.

Es sah alles so gemütlich aus. Nur eben dieser eine Raum nicht.

Von außen konnte keiner ahnen, wie es bei uns gerade drinnen aussah.

Plötzlich klingelte es an der Haustür, mein Hund bellte. Ich eilte mit Staub in den Haaren und in der Kleidung zur Tür, gefolgt von meinem Mann.

Zwei junge Männer standen vor der Haustür, bekleidet mit dünnen Pullovern.

Sie entschuldigten sich, mit leichtem Akzent in der Stimme, für die Störung und fragten nach unseren Nachbarn.

Die waren nicht zu Hause, sondern im Urlaub auf einer Kanarischen Insel. Teneriffa, glaube ich. Unsere Nachbarn vermieten noch ein Ferienhaus, das auch in unserem Wohnort steht. Aber im Dezember? Ich wurde misstrauisch.

Auf meine Nachfrage, von woher sie denn kämen und was sie von unseren Nachbarn wollten, antworteten sie: „Aus Rom."

Das Ferienhaus hätten sie bis Dienstag wegen einer Touristik-Schulung angemietet.

Zwei Italiener mit einem kleinen Mietwagen, ohne Haustürschlüssel, strandeten im Dezember in unserer Straße.

Nach kurzer Überlegung haben wir alles getan, um irgendwie an den Schlüssel zu kommen.

Wir haben versucht, unsere Nachbarn telefonisch zu erreichen, doch nichts tat sich. Eine befreundete Bekannte suchten wir auf, da sie das Haus während der Abwesenheit unserer Nachbarn versorgte. Auch die Tochter der Hausbesitzer wurde kontaktiert. Doch alle Bemühungen blieben erfolglos. Es war bereits dunkel, die Temperaturen lagen deutlich unter 0 °C und das Glitzern des ersten Frostes war zu erkennen.

Vor uns zwei Italiener, die in ihren leichten Pullovern froren und nach 14 Stunden Anreise müde, hungrig und erschöpft waren.

Kurz entschlossen luden wir sie zu uns nach Hause ein, wo das Feuer im Kaminofen knisternd warm brannte.

Unsere Baustelle ließen wir Baustelle sein und legten sie für diesen Abend auf „Eis".

Der Kühlschrank war alles andere als voll und trotzdem zauberte mein Mann aus den verbliebenen Zutaten ein Omelett.

Dazu die letzten Scheiben Brot, eine Flasche Wein.

Zwei Italiener, fremd, ohne Herberge, bei uns in der neuen Küche. Kaum zu glauben.

Wir redeten und erzählten, es war ein sehr geselliger Abend.

Das Essen schmeckte ihnen vorzüglich und satt sind sie auch geworden.

Inzwischen wussten wir, dass es keine Möglichkeit gab, an diesem Abend noch das Ferienhaus zu beziehen.

Selbst ein Hotel in der Nähe hatte kein Zimmer mehr frei. Keinen Raum in der Herberge …

Mein Mann und ich schauten uns an, für uns war klar, sie können bei uns übernachten. Kurz entschlossen boten wir den jungen Männern unser Gästezimmer an. In Anbetracht der vorgerückten Stunde nahmen sie unser Angebot dankend an.

Meine Tochter, die auch gerade aus Hamburg bei uns verweilte, wurde kurzerhand in ein anderes Zimmer verlegt, denn Platz hatten wir genug.

Schnell wurden die Betten noch frisch bezogen, damit alles fertig war für unsere überraschenden, spontanen Gäste. Wir tauschten Handynummern aus. Glücklich, beseelt, zufrieden und mit einem breiten Grinsen im Gesicht gingen wir alle schlafen.

Am nächsten Morgen, noch vor der Frühstückzeit, waren die zwei Italiener leise weitergezogen. Mit einem Schreiben auf dem Bett verabschiedeten sie sich.

„Vielen, vielen Dank für die Hilfe. Ihr seid wie Weihnachtsengel gewesen. Habt einen wunderschönen Tag, wir hören uns dann später.
Flavio & Gian Marco"

Ich war sehr gerührt von diesem Schreiben und der besonderen Begegnung.

Alle, denen wir davon erzählten, waren erstaunt und überlegten, was wäre, wenn …
Für uns war es selbstverständlich,

„denn sie hatten keine Herberge".

Dies war für meinen Mann und mich ein wunderbares Erlebnis. Wir durften Weihnachten ganz nah erleben.

Somit ist Weihnachten 2019 für uns zu etwas ganz Besonderem geworden. Ach so, es ist noch zu erwähnen, dass die beiden jungen Italiener von der Vermietungsagentur, die einen Fehler bei der Buchung gemacht hatte, in unserer Nähe eine große, schöne Ferienwohnung für die restliche Zeit zur Verfügung gestellt bekommen haben.

Am darauffolgenden Montagabend klingelte es an unserer Haustür. Die beiden Italiener, Flavio und Gian Marco, hielten als Dankeschön Präsente in der Hand und zudem eine Einladung, nach Rom zu kommen.

Das war unser unvergesslichstes Weihnachtserlebnis, das wir bisher erlebt haben. Und vielleicht sehen wir uns wieder in Rom, zur Weihnachtszeit.

Anke Goppold-Janssen

„Denn sie hatten keine Herberge."

Weihnachten

IST SO VIEL MEHR

Es liegt eine besondere Atmosphäre über der Vorweihnachtszeit. Die Häuser werden mit warmen Lichtern verziert. Das Wohnzimmer ist ein Ort der Gemütlichkeit mit einem brennenden Ofen und einem bunt geschmückten Weihnachtsbaum. Die Küche riecht nach frisch gebackenen Plätzchen. Man hofft auf Schnee. Überall hört man Weihnachtslieder. Man überlegt sich ein besonderes Essen. Spendenaufrufe hier und dort, weil es auch irgendwie eine Zeit der offenen Herzen ist. Liebevoll gefüllte Adventskalender versüßen die Wartezeit. Und dann ist es endlich so weit. Das Warten hat ein Ende. Weihnachten steht vor der Tür – das Fest der Liebe. Familien kommen zusammen und feiern in aller Besinnlichkeit, zelebrieren all die Mühe, die man in diesen besonderen Abend gesteckt hat.

Aber was, wenn ein Platz am Familientisch leer bleibt? Was, wenn die Familienkonstellation einfach nicht so ist, wie sie sein sollte? Weihnachten war für mich persönlich oft ein schweres Fest. An Weihnachten wurde mir immer noch mal neu bewusst, dass nichts so ist, wie es sein sollte. Nichts so, wie uns all die Medien vorgaukeln. Ich hatte keine perfekte Familie, die in einem warmen Wohnzimmer einen friedlichen, fröhlichen Abend miteinander verbrachte. Mein Weihnachten war geprägt von einem Riss. Ein Riss in meinem Herzen, weil meine Eltern getrennt waren und an verschiedenen Orten lebten und ich mich jedes Jahr neu entscheiden musste, wo ich feiern möchte. Ein Riss, weil ich am liebsten alle um mich gehabt hätte, es aber unmöglich war, gemeinsam zu feiern. Ein Riss, weil das schlechte Gewissen so anklagend über diesem Fest stand. Meistens feierte ich mit meinem Vater und meinem Bruder gemeinsam mit der Familie meiner Tante. Das waren schöne Abende, mit gutem Essen und schönen Geschenken. Aber innerlich sehnte ich mich jedes Jahr aufs Neue nach einem heilen Weihnachten. Ich träumte von einem warmen Zuhause, einer glücklichen Familie, die in Frieden miteinander dieses besondere Fest verbrachte.

Und Gott war gut zu mir, mein Traum wurde wahr. Er schenkte mir einen wundervollen Mann. Wir heirateten recht schnell und so begann eine neue Zeit. Gott heilte mein Herz in dieser Ehe auf verschiedenen Ebenen. So auch in diesen besonderen Weihnachtstagen, die wir als Ehepaar ganz neugestalten konnten. Klingt nach einem guten Ende, oder? Das hier ist aber nicht das Ende. Gott hat Weihnachten für uns als Familie auch noch mal eine ganz neue Bedeutung gegeben.

Am 18.12.2022 bekam mein Mann einen Anruf, vor dem wir uns schon wochenlang fürchteten. „Deinem Vater geht es sehr schlecht. Ich weiß nicht, ob er Weihnachten noch leben wird." Mein Schwiegervater bekam die Diagnose Bauchspeicheldrüsenkrebs im Jahr 2020. „Drei Monate", war die erste Aussage der Ärzte. Doch mein Schwiegervater sprengte diese Prognosen. Gott hatte andere Pläne und nutzte ihn in seinen letzten zwei Jahren als starkes Zeugnis für viele. Trotz seiner Krankheit erzählte er den Menschen von Jesus und der Gnade, die er in seinem Leben erfahren durfte. Er erreichte und prägte gerade in dieser Zeit noch sehr viele Leute. Doch kurz vor Weihnachten 2022 nahmen seine Kräfte ab. Mein Mann fuhr am Tag des Anrufs zu seinen Eltern. Ich folgte kurze Zeit später mit unseren Kindern und es begann eine sehr intensive, schwere Zeit, kurz vor Weihnachten. Die warmen Lichter strahlten an allen Häusern, die Weihnachtsbäume waren bunt geschmückt, Weihnachtsmusik ertönte aus allen Radios, die typische Weihnachtsatmosphäre lag in der Luft. Aber nicht für uns. Statt Plätzchenduft lag uns der Geruch diverser Medikamente in der Nase. Statt Vorfreude waren unsere Herzen so schwer wie Blei. Der Tod ist ein riesiges dunkles Tal. Eines, das uns Menschen wahrscheinlich am meisten Angst einjagt. Bei einigen mag der Tod gnädig sein. Mein Schwiegervater allerdings litt einen schweren Todeskampf. Für mich persönlich war diese Zeit auch ein Glaubenskampf. Ich habe mit Jesus gerungen. Und er antwortete mir.

Gott zeigte mir ein Bild. Ich sah ein sehr dunkles Tal, einen Weg umgeben von Dunkelheit. Am Ende des Weges ein helles Licht. Ich erkannte meinen Schwiegervater auf diesem Weg und er war nah am Licht, hatte das Ziel fast erreicht. In dem Moment schrieb mir eine Glaubensschwester eine Nachricht: „Dein Schwiegervater hat es bald geschafft. Jesus hält seine Hand bereits fest und er muss nur noch wenige Schritte gehen." Das hat mich getroffen. Dann fiel mir ein, dass mein Schwiegervater den Psalm 23 liebte. In Vers 5 heißt es: „Und ob ich auch wanderte im Tal des Todes, fürchte ich kein Unglück. Denn DU BIST BEI MIR." Wow – das alles tröstete unsere Herzen sehr.

Am 24. Dezember 2022, am frühen Weihnachtsmorgen, machte mein Schwiegervater hier auf Erden den letzten Atemzug und öffnete seine Augen bei Jesus im Himmel.

Stille Nacht. Es war plötzlich so still, nur leises Wimmern und Weinen. Heilige Nacht. Jesus, der gekommen ist, um meinen Schwiegervater abzuholen.

Weihnachten 2022 war so anders als alle anderen Weihnachtsfeste vorher. Wir mussten einiges organisieren für die Beerdigung und die Abschiedsfeier. Aus einem besonderen Essen wurde eine einfache Mahlzeit. Das fröhliche Beisammensein war eher ein tränenreiches Schweigen. Außer für die Kinder. Meine Schwiegereltern hatten zu der Zeit elf Enkel. Für diese Kinder haben wir versucht, das Fest trotzdem schön zu gestalten. Unser vierjähriger Sohn sagte an diesem Abend: „Ich freue mich für den Opa Ade. Er ist im Himmel bei Jesus, am schönsten Ort, den es gibt, und er ist da gesund." Und das ist Weihnachten. Weihnachten ist so viel mehr als all die schönen warmen Lichter, die friedliche Atmosphäre, die Weihnachtssongs, der Plätzchenduft, das Schmücken eines Baumes. Das alles ist wunderschön, hat aber überhaupt keinen Bestand.

An Weihnachten beginnt die genialste Liebesgeschichte, die Gott für dich und mich schrieb.

Es ist eine Geschichte, die mich immer wieder überwältigt. Gott selbst wird Mensch in Jesus. Und das Leben, das er hier lebte, war alles andere als leicht.

Er kennt den Schmerz über Verluste, er kennt Respektlosigkeit, Ausgeschlossenheit, Schmerz, Verfolgung, Missbrauch, Unverständnis und auch leere Plätze am Familientisch und Unfrieden.

Jesus selbst kam als Baby in eine zerrissene Welt. Er wurde als König in einem dreckigen Stall geboren. Es gab keine schönen Lichter, kein gutes Essen. Es war wahrscheinlich nicht mal warm. Und es war bestimmt auch keine stille Nacht. Außer, dass der Himmel den Atem anhielt, bis der erste Schrei des neugeborenen Messias durch die Nacht erschallte. Er ist da. Er ist gekommen, um den Riss in meinem Herzen zu füllen, und er ist gekommen, um den Riss in deinem Herzen zu heilen. Und er kennt diese Zerrissenheit, die ich als Kind spürte, genau. Diese Sehnsucht nach einem Zuhause, diese Sehnsucht nach Frieden, denn er selbst hat sein Zuhause verlassen, den friedlichsten Ort, den es gibt. Er verlässt seinen heiligen Himmelsthron und geht mitten hinein in diese chaotische Welt. Und es hat ihn alles gekostet. Seinen Thron tauschte er gegen eine kleine Krippe. Es kostete seine Krone, denn er wurde nicht als König anerkannt. Seine Würde, denn er wurde gedemütigt von den Menschen, die er erschaffen hat. Und er nahm sogar den Tod in Kauf, um dich freizusprechen. Mit seinem Tod wurde ein Platz im Himmel für dich geboren. Golgatha ist der Ort, der triumphierend laut schreit: „Der Tod hat nicht das letzte Wort."

Wenn alles wegfällt, was wir mit Weihnachten verbinden. Wenn es keine Plätzchen gibt, keinen gefüllten Adventskalender, keinen geschmückten Baum, keinen Schnee, kein Festessen, keinen Weihnachtsmarktbesuch, keine gemütlichen Lichter, keine heile Familie – was ist es, was bleibt?

Das Kind in der Krippe. Der Grund, warum wir wirklich Weihnachten feiern. Jesus Christus.

Timna Bucher

An Weihnachten
beginnt die genialste
Liebesgeschichte,
die Gott

für dich

und mich schrieb.

Timna Bucher

Manchmal

KOMMT ES ANDERS …

Es ist Heiligabendmorgen, ein lautes Weinen dringt an mein Ohr. Ich höre die Stimme unserer Tochter durch das Babyphone. Schnell eile ich hinüber ins Kinderzimmer. Dort liegt sie in ihrem Bett und schaut mich mit großen verweinten Augen an. Als ich sie auf den Arm nehme, merke ich ihre heiße Stirn. „Oh nein!", denke ich. Ausgerechnet heute am Heiligen Abend. Wir wollen später noch zu meinen Schwiegereltern fahren und dort das Fest sowie ein paar schöne Tage verbringen. Es stellt sich heraus, dass unsere Tochter fast 40 °C Fieber hat, und es scheint ihr dabei auch nicht gut zu gehen. Sie lässt sich nicht ablegen und kommt nur in meinen Armen zur Ruhe.

Langsam gerate ich in Stress, denn mit einem weinenden Kind auf dem Arm kann ich schlecht die Sachen für unsere Reise packen. Die Tage vorher waren so stressig, dass ich noch nichts vorbereitet habe. Leider wird daraus nichts. Meine Eltern kommen zu Hilfe und gemeinsam packen wir die Koffer. Mein Mann ist mit unserem Sohn noch unterwegs und erledigt die letzten Wege außer Haus. Unsere Tochter kuschelt sich in der Trage ganz nah an mich und ich zeige meinen Eltern, was sie alles einpacken müssen. Mit tatkräftiger Unterstützung der beiden füllt sich ein Koffer nach dem anderen. Jeder, der kleine Kinder hat, weiß, dass einiges für so „kleine Mäuse" benötigt wird. Mit meinen Schwiegereltern haben wir bereits vereinbart, dass wir nicht, wie abgesprochen, am Nachmittag kommen, sondern erst am Abend.

Doch auch im Laufe des Tages sinkt das Fieber nicht. Unserer Tochter geht es weiterhin nicht gut und ich bin schon ziemlich erschöpft vom ständigen Tragen, denn nur in meinem Armen wird sie ruhig und kann ein bisschen schlafen. Mein Mann und mein Sohn beladen trotzdem das Auto, sodass wir jederzeit zu einem schönen und besinnlichen Abend im Kreise der Familie starten könnten – so wie wir es lieben. Nicht nur an Heiligabend, aber da besonders.

Am späten Nachmittag geht es unserer Tochter nicht besser und ihre Temperatur beträgt immer noch 40 Grad. Auch mit Fiebersaft, der sonst immer hervorragend

wirkt, geht das Fieber kaum herunter und sie ist weiterhin sehr schlapp. Der einzige Ort, an dem sie sich wohlfühlt, bleibt die Trage. Ein Absetzen in den Kindersitz ist nicht möglich, da sie dann sofort zu weinen beginnt. Eine Autofahrt ist in diesem Zustand nicht gut. So beschließen wir schweren Herzens, nun doch zu Hause zu bleiben. Nach kurzen Telefonaten mit unseren Familien am frühen Abend ist es nun gewiss.

Der Familiengottesdienst mit dem Krippenspiel ist schon vorüber, damit fängt für uns sonst der Heilige Abend an. Ich brauche das Anspiel und den Gottesdienst, denn dieser bringt mich nach all dem Vorbereitungsstress in Weihnachtsstimmung, in eine Ruhe und Vorfreude. So ist es für mich schwierig, mich ohne die gewohnten weihnachtlichen Vorbereitungen und nach der ganzen Aufregung auf den Abend einzulassen und nun zu Hause zu feiern. Zunächst schalte ich das Radio an. Es läuft bei uns am Heiligen Abend im Hintergrund immer ein wenig Musik.

Unser Sohn spielt mit seiner Duplo-Eisenbahn. Er scheint von dem ganzen Hin und Her nicht viel mitbekommen zu haben oder er zeigt es nicht. Als wir ihm erklären, dass wir nun doch zu Hause bleiben, bleibt er ruhig und spielt ganz selbstverständlich weiter. Zum ersten Mal an diesem Tag kann ich unsere Tochter in ihr eigenes Bett legen. Mein Rücken schmerzt und mein Körper kann sich nun etwas strecken und erholen. Wer weiß, wie lange die Kleine in ihrem Bett liegen bleibt.

Ich schaue mich in unserem Wohnzimmer um und bin nun sehr froh und dankbar, dass ich es, obwohl wir die Weihnachtsfeiertage eigentlich nicht zu Hause verbringen wollten, sehr festlich und wieder mit viel Mühe gestaltet und geschmückt habe. Das Dekorieren des Hauses gehört für mich einfach zur Adventszeit dazu. Damit bereiten wir uns auch äußerlich auf die Geburt Jesu, die wir an Weihnachten feiern, vor. Die Lichter, die an der Fassade und in den Fenstern hängen, leuchten schon in der Adventszeit in die Finsternis und bringen so ein wenig Helligkeit. Unser Haus wirkt dadurch immer sehr friedlich und einladend. Es ist herrlich, abends durch die Straßen zu spazieren und die wundervoll geschmückten Häuser zu bestaunen. Wie hat es schon Eichendorff in seinem Gedicht „Weihnachten" beschrieben:

> „Still erleuchtet jedes Haus,
> sinnend geh ich durch die
> Gassen, alles sieht so festlich
> aus."

Es ist eine so friedliche Stimmung, als würde der Friede Gottes sich schon in der Adventszeit in der Welt zeigen und nicht erst zu Weihnachten mit der Geburt Jesu.

Ein besorgter Blick meinerseits geht in unseren Kühlschrank. Dieser ist überwiegend leer und nur ein paar länger haltbare Dinge sind noch vorhanden. Unsere Vorräte sind zum größten Teil aufgebraucht, da wir eigentlich beim Festessen der Oma sein wollten. Aus den wenigen Resten versuche ich ein köstliches Abendessen aus drei Gängen zu zaubern. Denn an Weihnachten gibt es bei uns zu Hause immer ein mehrgängiges Menü. Auch wenn es diesmal ein wenig schwieriger ist, versuche ich der Tradition treu zu bleiben. Schließlich genießen wir die mit Sternausstechern geformten Toastscheiben mit Kräuterfrischkäse als Vorspeise, Nudeln in einer Schinken-Sahne-Soße und zum Nachtisch ein Eis am Stiel. Es schmeckt uns allen einfach himmlisch und wir merken, dass uns Gott nicht im Stich lässt, denn er sorgt für uns und gibt uns das, was wir brauchen. Unsere Tochter schläft nun schon seit einer Stunde in ihrem Bett und scheint damit sehr zufrieden zu sein.

Mein Mann und mein Sohn gehen nach dem Essen mit unserem Hund ein paar Meter raus. So habe ich Zeit, die Geschenke für unseren Sohn unter all den Gepäckstücken im Auto zu suchen und ein größeres Geschenk vorzubereiten. Unser Sohn bekommt einen Einkaufsladen, den ich nun aufstelle und mit tollen Sachen wie Holzfrüchten, Ge-

müse und einer Kasse bestücke. Zwei kleine weitere Geschenke liegen daneben, damit er auch etwas zum Auspacken hat. Als die beiden vom Spaziergang nach Hause kommen, strahlen die Augen unseres Sohnes beim Anblick des Kaufladens. Es ist wundervoll, wie sich Kinder freuen können.

Er ist den ganzen Abend beschäftigt und räumt die Sachen aus den Regalen und sortiert sie neu ein. Mein Mann und ich dürfen auch abwechselnd immer wieder bei ihm einkaufen. Es ist ein tolles Spiel und die Zeit vergeht wie im Flug. Unsere Tochter schläft noch immer in ihrem Bett. Mir scheint, als käme sie nun endlich zur Ruhe.

Einige Zeit später singen wir Weihnachtslieder. Glücklicherweise kann mein Mann hervorragend Gitarre spielen und so macht das Singen noch mehr Freude. Singen von Weihnachtsliedern am Weihnachtsbaum gehört bei uns zum Fest dazu. Auch wenn wir in diesem Jahr keinen Baum haben, da ja der Abend eigentlich an einem anderen Ort geplant war, singen wir leidenschaftlich ein Lied

nach dem anderen. Auch unser Sohn liebt es zu singen. Wir genießen den Abend, der nun doch ganz anders gekommen ist. Nach einiger Zeit meldet sich unsere Tochter. Sie hat ebenfalls Hunger und bekommt ihre Milch. Insgesamt macht sie einen viel besseren Eindruck, obwohl sie noch immer hohes Fieber hat. Erschöpft, aber dennoch zufrieden, gehen wir schlafen. Das Auto steht noch bepackt in der Auffahrt. Am nächsten Tag werden wir es ausräumen, denn wer weiß, wie lange das hohe Fieber unserer Tochter anhält und ob vielleicht unser Sohn auch noch krank wird.

Es ist noch früh am Morgen und unsere Tochter ist wach, ein vergnügtes „Blabbern" und Lachen tönt an mein Ohr. Schnell gehe ich zu ihr. Sie schaut mich mit strahlenden Augen an. Beim Hochnehmen merke ich bereits, dass ihre Stirn ganz kühl ist. Ich wundere mich, denn so schnell sinkt das Fieber doch nicht. Nach ihrem Fläschchen messen wir ihre Temperatur. Wie ein Wunder – das Fieber ist komplett weg und sie schaut mich vergnügt an, als wäre nichts gewesen. Nach einer kurzen Weile stehen auch mein Mann und mein Sohn auf. Unsere Tochter ist gesund. Sie verhält sich fröhlich und gut gelaunt wie immer. Nun beschließen wir, doch zu meinen Schwiegereltern zu fahren. Das Auto ist noch gepackt und ein paar Kleinigkeiten werden dazugeladen. Eigentlich wollten wir es vermeiden, am ersten Weihnachtstag unterwegs zu sein, da an diesem Tag gefühlt alle auf dem Weg zu ihren Verwandten sind und mit viel Verkehr und vollen Straßen zu rechnen ist. Wir machen uns gegen 11 Uhr auf den Weg und die Straßen sind leer. Kaum ein Auto ist zu sehen. Auch die Autobahn ist frei. Im Radio hören wir allerdings kurze Zeit später, dass sich auf der Strecke hinter uns nun ein Stau gebildet hat und auch die Straßen zunehmend voller werden. Doch wir kommen ohne Stau und Hektik mit einer ganz ruhigen und ausgeglichenen Tochter bei meinen Schwiegereltern an. Nun ist es auch bei mir im Herzen Weihnachten geworden.

Ein innerer Frieden erfüllt mich. Und mit Gewissheit kann ich sagen: Gott ist bei uns, er liebt uns und passt auf uns auf. Wir nehmen unsere Lieben freudig in die Arme und verbringen eine wundervolle Zeit mit ihnen. Warum wir allerdings erst einen Tag später bei unserer Familie sein sollten und nicht wie geplant den Heiligabend zusammen verbringen konnten, weiß nur Gott allein. Doch wie heißt es:

„Des Menschen Herz erdenkt
sich seinen Weg, aber der Herr
allein lenkt seinen Schritt"

und dann kommt es anders, als man denkt.

Sonja Mann

Je dunkler es hier
um uns wird,
desto mehr
müssen wir
unser Herz öffnen für
das Licht
von oben.

Edith Stein

Des Menschen
Herz erdenkt sich
seinen Weg, aber

der Herr
allein lenkt

seinen Schritt.

Buch der Sprichwörter / Sprüche 16,9

Weihnachten

Markt und Straßen stehn verlassen,
Still erleuchtet jedes Haus,
Sinnend geh ich durch die Gassen,
Alles sieht so festlich aus.

An den Fenstern haben Frauen
Buntes Spielzeug fromm geschmückt,
Tausend Kindlein stehn und schauen,
Sind so wunderstill beglückt.

Und ich wandre aus den Mauern
Bis hinaus ins freie Feld,
Hehres Glänzen, heilges Schauern!
Wie so weit und still die Welt!

Sterne hoch die Kreise schlingen;
Aus des Schnees Einsamkeit
Steigt's wie wunderbares Singen –
O du gnadenreiche Zeit!

Joseph von Eichendorff

Wunder der Liebe

Lasst uns wach werden,
damit das Wunder
dieser Nacht in uns
und um uns wirksam wird,
damit das Leben nicht
an der Hoffnungslosigkeit stirbt!

Lasst uns
das Wunder
miterleben!
Es erfasst uns,
werden wir wach,
es hüllt uns wärmend ein
in seinen Liebessegen.
Lasst uns das Wunder leben!

Friederike Weichselbaumer

Das Geburtstagsproblem

Der neunte Geburtstag unserer Tochter endete mit Tränen. Als die Feier vorbei war und sie ins Bett gehen sollte, weinte sie bitterlich. Dabei war das Problem nicht etwa, dass sie übermüdet wäre oder die Flut der Geschenke nicht verkraftet hätte. Auch der Konsum von Torte und Süßigkeiten hielt sich durchaus in einem vertretbaren Rahmen. Ich hatte das gewünschte Essen gekocht und viele andere kleine und größere Träume waren ihr erfüllt worden. Trotzdem lag sie unglücklich in ihrem Bett. Auf Nachfrage erklärte sie ihre Traurigkeit folgendermaßen: „Es ging heute irgendwie überhaupt nicht um mich." Obwohl also alle äußeren Kriterien erfüllt waren, war sie unglücklich. Dabei war das Problem, dass manche der Geburtstagsgäste zwischendurch von der Feier verschwunden waren, weil sie noch etwas anderes zu erledigen hatten. Wichtiger als die Erfüllung ihrer Geburtstagswünsche wäre es für unser Kind also gewesen, wenn die Menschen, die ihr am Herzen liegen, ihre Wertschätzung mit echter Begegnung und der Investition von Zeit ausdrücken würden. Ich konnte meine Tochter sehr gut verstehen, weil ich diese Empfindung kenne. Ein Fest, das bei mir regelmäßig Enttäuschung und trotz erfüllter Wünsche eine gewisse Traurigkeit hinterlassen hat, ist Weihnachten. Obwohl auch in meiner Kindheit Weihnachten mit einem stimmungsvollen Gottesdienstbesuch, einem leckeren gemeinsamen Essen und dem Austauschen von Geschenken gefeiert wurde, bin ich oftmals abends traurig und enttäuscht ins Bett gegangen. Ich habe lange Zeit nicht verstanden, wo dieses Gefühl herkommt. Aber meine Tochter, die an ihrem neunten Geburtstag erkannt hat, dass es nicht um das Wesentliche, nämlich das Geburtstagskind, ging, hat mir die Augen für mein „Weihnachtsproblem" geöffnet. Es ging in meinem Leben viel zu oft an Weihnachten nicht um das Wesentliche. Ich habe mir Gedanken über das Essen, die Dekoration, die Geschenke und die Stimmung gemacht und dabei vergessen, wer an diesem Tag Geburtstag feiert: Gottes Sohn. Auch für seinen Geburtstag gilt, dass es viel wichtiger ist, Zeit mit dem Geburtstagskind zu verbringen, als nur den äußeren Rahmen der Feier schön zu gestalten. Wir versuchen inzwischen, uns und unseren Kindern jedes Jahr wieder an Weihnachten die Augen für die Bedeutung der Weihnachtsbotschaft zu öffnen. Gott ist als Mensch in diese Welt geboren worden. Darum feiern wir an Weihnachten Geburtstag. Dazu gehört neben dem Gottesdienstbesuch in unserer Kirche natürlich auch ein Fest im Familienkreis. Das Wohnzimmer muss sich der Weihnachtsbaum mit der Geburtstagsgirlande teilen, die für jedes Familienmitglied am Geburtstag aufgehängt wird – also auch für Jesus.

> Unsere Kinder bekommen Geschenke, weil Gott uns das größte Geschenk gemacht hat.

Wir verzichten auf ein Christkind oder einen Weihnachtsmann als Geschenk-Boten. Trotzdem stehen die bunten Päckchen plötzlich und überraschend unter dem Baum und können erst nach einem gemeinsam gekochten Essen geöffnet werden. Deswegen gehört unter unseren Weihnachtsbaum neben der Playmobilkrippe auch ein Würfel. Denn ein Geschenk bekommt man erst, wenn man eine sechs gewürfelt hat. Bei uns wird neben den üblichen Weihnachtsliedern unterm Weihnachtsbaum auch „Happy Birthday" gesungen und von der Geburt des Geburtstagskindes erzählt und aus der Kinderbibel vorgelesen. Das ist unsere Art, an Weihnachten ganz bewusst Zeit miteinander und mit dem Geburtstagskind Jesus zu verbringen.

Doreen Klee

Unsere Kinder
bekommen Geschenke,
weil Gott uns
das größte
Geschenk
gemacht hat.

Doreen Klee

Verspätete Weihnachtsengel

Es ist kurz vor Weihnachten. In vier Tagen beginnt die schönste Zeit im Jahr. Ich treffe noch die letzten Vorbereitungen und erledige den Weihnachtseinkauf. Die Karten mit lieben Grüßen zu den Feiertagen und zum kommenden Jahr sind geschrieben und bereits versandt. Die Geschenke sind verpackt und warten darauf, am Heiligen Abend meine Lieben zu erfreuen. Ich bin zufrieden und eine erwartungsvolle Anspannung erfüllt mich. Doch halt, in diesem Jahr haben meine „Singer-Engel" keinen Zuwachs bekommen. Schon lange sammle ich diese Engel und habe schon eine stattliche Schar beisammen. Große und kleine Exemplare zählen dazu, sie sind alle unterschiedlich, und doch gehören sie zusammen. Jedes Jahr aufs Neue erfreue ich mich an ihnen. Leider werden diese Engel schon lange nicht mehr hergestellt und man findet sie nur noch selten in Geschäften zum Verkauf. Im letzten Jahr habe ich daher im Internet gestöbert und zwei wunderschöne Exemplare bei einer älteren Dame bestellt. Gut verpackt und unversehrt sind sie bei mir angekommen und haben den Engelchor verstärkt. Auch in diesem Jahr habe ich im Netz gesucht, bin aber leider nicht fündig geworden. Ich möchte gerne Windlicht-Engel. Sie waren entweder zu teuer oder schon zu sehr benutzt. Also habe ich kurzerhand beschlossen, meine Suche abzuschließen. Doch es sollte ganz anders werden.

Manchmal denke ich, dass Gott auch solche Herzenswünsche achtet und nicht vergisst.

Heute treffe ich mich mit einer Freundin. Wir wollen in dieser Weihnachtswoche uns einen Tag herausnehmen und gemeinsam Mittag essen und Zeit miteinander verbringen. Wir haben ein gemütliches Plätzchen im Restaurant gefunden und lassen es uns gutgehen. Gesättigt und mit bester Laune, treten wir die Heimreise an. Doch zuvor, verkündet meine Freundin geheimnisvoll, besuchen wir noch das „Fundhaus". Es liegt auf dem Nachhauseweg und ist ein Ort, wo allerlei Geschirr, Dekoartikel, aber auch Kleidung und Möbelstücke auf eine neue Heimat warten.

Ich bin noch keine fünf Minuten in dem Verkaufsraum und habe bereits drei Singer-Engel entdeckt, alles Windlicht-Engel und Originale noch dazu. Ich kann es kaum glauben, damit habe ich überhaupt nicht gerechnet. Für wenig Geld nehme ich diese Weihnachtsengel mit. Ich bin so voller Freude und dankbar geht ein Stoßgebet nach oben. Ich bin mir sicher, dass Gott unseren Weg gelenkt hat und ich so meinen Wunsch doch noch erfüllt bekomme. Ich muss schmunzeln. Solche Engel wollte ich gerne haben und nun erhalte ich gleich drei von ihnen. Sie sind für mich wie ein Geschenk des Himmels und finden ihren Platz im Weihnachtszimmer auf dem festlich gedeckten Tisch. Meine Weihnachtsengel habe ich zwar verspätet, aber dennoch pünktlich vor dem Fest erhalten. Sie sind ein Blickfang und leuchten besonders schön, nun kann es Weihnachten werden.

Birgit Ortmüller

*Manchmal denke ich,
dass Gott auch
Herzenswünsche
achtet und
nicht vergisst.*

Birgit Ortmüller

Christmette

eins

das eigne Dunkel
  bringt man mit in die Kirche
    mit nach Haus nimmt man

das Leuchten des Weihnachtsbaums
das Glänzen in den Augen

zwei

der Weihnachtsbaum blüht
  hell sein Evangelium
    in die Nacht hinein

froher wird die Botschaft nicht
als in der Heiligen Nacht

drei

Kerzen brennen ab
am Weihnachtsbaum der Kirche
ihren schwarzen Kopf

halten sie hoch so lang's geht
bevor sie tauchen in Nacht

vier

auf diesem Altar
zwischen Kerze und Kreuz steht
eine Christrose

verlorn in der Dunkelheit
hält sie aus blüht sie ihr Weiß

Lothar Balzer

Weihnachtswundertöne

Weihnachten steht vor der Tür und damit auch die Christmette am Heiligen Abend um 23 Uhr. Wir wollen mit unserem kleinen Chor „Herztöne" diesen Gottesdienst mitgestalten und freuen uns darauf. Fleißig üben wir die Lieder ein, es klingt gut. Zu unserem Chor zählen vier Sängerinnen und zwei Sänger. Es ist Heiliger Abend und pünktlich zum Auftritt stellt sich bei mir und meinem Mann ein sehr starker Husten ein. Das passt ja! Wenn wir beide ausfallen sollten, schrumpft unsere Singgemeinschaft ordentlich zusammen. Wir versuchen diesen ungebetenen Gast „Erkältung" mit allen Mitteln zu bekämpfen, leider mit nur mäßigem Erfolg. Was tun? Wir wollen singen und fahren bewaffnet mit unseren Liedern in die Kirche. Hier erfahren wir, dass eine weitere Sängerin heiser ist und nicht singen kann. Sollen wir es dennoch wagen? Die erleuchtete Kirche strahlt wunderschön in dieser sternklaren Heiligen Nacht. Dieser Anblick wirkt so festlich und ich spüre die Feierlichkeit der Weihnachtszeit. Wir vertrauen auf Gottes Hilfe und auf dem Weg vom Auto zur Kirche bitten wir unaufhörlich im Gebet um Beistand und Stimme.

„Lieber Gott, du hast uns doch so schöne Stimmen geschenkt, zu deinem Fest sollen sie heute Abend erklingen. Du kannst ein Wunder tun, lass uns nicht allein."

Und dann lässt Gott tatsächlich ein Wunder, ein Weihnachtswunder, geschehen. Wir haben an diesem Abend sieben Lieder mit fünf Personen gesungen. Keiner musste husten und vom ersten bis zum letzten Lied wurden alle Töne wunderbar getroffen. Wir können nur staunen und sind ergriffen von Gottes Nähe und seiner schnellen Hilfe. Nach dem Gottesdienst sind die Stimmen weg und kein Ton kommt über unsere Lippen. Aber wir haben in dieser Heiligen Nacht ein wahres Weihnachtserlebnis erfahren. Gott kann auch aus angeschlagenen Stimmen Wundertöne erklingen lassen.

Waltraud Bauch

Christkind

Ich habe heute das Christkind geseh'n, oh wie leuchtete es so wunderschön. Es zeigte mir den Weg durch die Dunkelheit zu dir und nun bin ich da, wie in jedem Jahr.

Und nach einer schönen gemeinsamen Zeit bin ich jetzt wieder für den Heimweg bereit. Bei dichtem Nebel und dunkler Nacht hat mich das Christkind dann gut nach Hause gebracht.

Nun kann es Weihnachten sein und das Christkind laden wir herzlich zum Weihnachtsfest ein. Die Kerzen leuchten hell zum Krippenkind, damit es den Weg in unsere Herzen find'.

Weihnachten, das Christkind kann kommen, die Herzen sind bereit. Es möge bei uns bleiben und in uns wohnen für alle Zeit, bis über unsere Jahre, hin zur Ewigkeit.

Waltraud Bauch

Der erste Schnee

Unzählige Flocken fallen unbeschwert und leise zu Boden.

Es dauert nicht lange und die Landschaft ist mit einer schimmernden Schneedecke überzogen.

Ein stiller Zauber legt sich nieder.

Alles sieht so friedlich und unberührt aus.

Die Welt hält einen Augenblick den Atem an.

Die Natur und auch die Menschheit kommen behutsam zur Ruhe.

Dem Schöpfer sei Dank für dieses wunderbare Naturschauspiel.

Birgit Ortmüller

Es weihnachtet sehr

Es wird Weihnachten! Mein Haus riecht schon nach braunen Kuchen – versteht sich, nach Mutters Rezept – und ich sitze so zu sagen schon seit einer Woche im Scheine des Tannenbaums.

Ja, wie ich den Nagel meines Daumens besehe, so ist auch der schon halbwegs vergoldet. Denn ich arbeite jetzt abends nur in Schaumgold, Knittergold und bunten Bonbonpapieren; und während ich Netze schneide und Tannen- und Fichtenäpfel vergolde, und die Frauen, d. h. meine Frau und Röschen, Lisbeth's Puppe ausputzen, liest Onkel Otto uns die „Klausenburg" von Tieck vor, oder gibt hin und wieder eine Probe aus den Bilderbüchern, die Hans und Ernst auf den Teller gelegt werden sollen.

Gestern Abend habe ich sogar Mandeln und Zitronat für die Weihnachtskuchen schneiden helfen, auch Kardamon dazu gestoßen und Hirschhornsalz. Den Vormittag war ich stundenlang auf den Bergen in den Wäldern herumgeklettert, um die Tannenäpfel zu suchen. Ja, Ihr hättet mich sogar in meinem dicken Winter-Sürtout hoch oben in einer Tannenspitze sehen können. Freilich hatte ich mich vorher gehörig umgesehen; denn der Herr Kreisrichter durfte sich doch nicht auf einem ganz offenbaren Waldfrevel ertappen lassen.

Jeden Morgen, die letzten Tage, kommt der Postbote und bringt Päckchen oder einen Brief aus der Heimat oder aus der Fremde von Freunden. Die Weihnachtszeit ist doch noch gerade so schön, wie sie in meinen Kinderjahren war.

Wenn nur noch der Schnee kommen wollte; wir wohnen hier so schön, da müsste der Weihnachtsbaum, wenn er erst brennt, prächtig in die Winterlandschaft hinausleuchten.

Theodor Storm

Vergesst das Kind IN DER KRIPPE NICHT!

Die Tage vor dem Weihnachtsfest sind turbulent und randvoll gefüllt mit Verpflichtungen und Terminen, die Anforderungen sind hoch, die Erwartungen noch höher. Man kann nicht allem und jedem gerecht werden, manches geht unter oder wird vergessen. Denken wir bei all dem Trubel noch an das Kind in der Krippe, dessen Geburt wir an Weihnachten feiern?

Wir werden täglich von Werbung überflutet. In den Kaufhäusern und über die Weihnachtsmärkte ertönen laut die „Weihnachtslieder", um die Kundschaft in die rechte Kauflaune zu versetzen und einen Hauch von Weihnachtsstimmung zu erzeugen. Doch wo bleibt die Hauptfigur, das Kind in der Krippe, welches ganz still und leise in einem einfachen Stall zur Welt kam? Ist es zur Randfigur des Geschehens geworden?

Wir dürfen uns an all den Weihnachtsvorbereitungen mit ihren Traditionen erfreuen, es ist und bleibt eine besondere Zeit. Doch häufig entsorgen wir die Begeisterung über ein Geschenk schon mit dem Papier in den Mülleimer.

Wir dürfen über alledem nicht das Kind in der Krippe übersehen. Wenn die Geburt des Kindes nicht mehr im Zentrum des Weihnachtsgeschehens steht, dann geht der Sinn dieses Festes verloren!

Weihnachten ist kein gefüllter Warenkorb, sondern beginnt mit dem Kind in der Krippe, in einem einfachen Stall in Bethlehem. Das Weihnachtsfest ist geprägt von der Freude über das Weihnachtsgeschehen.

Birgit Ortmüller

Der Kreuzweihnachtsbaum

Es war kurz vor Weihnachten. In einem kleinen Haus saß der Schreiner mit seinen fünf Kindern um den Tisch. Sonst hätten sie jetzt einen Tannenbaum geschlagen und die Strohsterne vom Dachboden geholt. Doch in diesem Jahr war alles anders. Niemandem in der Familie war nach einem Weihnachtsbaum. Denn in der Woche vor dem ersten Advent hatten sie die Mutter zu Grabe getragen. Einige Wochen hatte sie krank im Bett gelegen, war immer schwächer geworden und schließlich gestorben. Wie liebevoll hatte sie sonst den Weihnachtsbaum geschmückt mit alten Strohsternen und frisch gebackenen Leckereien. Wie herrlich hatte es geduftet in der Weihnachtsstube.

In diesem Jahr saßen sie stumm am Tisch. Ab und zu seufzte mal jemand. Der Kleinsten liefen die Tränen über die Wange.

Auf einmal stand der Vater auf und verschwand. Die Kinder hörten ihn in die

Werkstatt gehen. Dort war er seit Wochen nicht mehr gewesen, seit dem Tod seiner geliebten Frau. So oft hatte sie ihn in der Werkstatt besucht, hatte seine Arbeit bewundert, hatte hier und da kleine Tipps gegeben und Ideen geäußert, hatte auch gelegentlich mit angefasst, wo es nötig war. Nach ihrem Tod hatte er keinen Fuß mehr in seine Werkstatt setzen mögen. Doch nun war er wieder hineingegangen. Die Kinder hörten, wie er hobelte, sägte und schliff.

Nach einigen Tagen kam der Heilige Abend. Es gab ein einfaches Essen wie alle Tage, denn die Weihnachtsgans hatte immer die Mutter liebevoll zubereitet. Alle zögerten das Ende der Mahlzeit hinaus. Denn eine Weihnachtsstube mit Tannenduft und Geschenken würde es dieses Jahr nicht geben. Als dann aber doch der Letzte vor einem leeren Teller saß, stand der Vater auf und holte etwas herein. Es waren zwei Platten in Form eines Weihnachtsbaums.

Die legte er auf den Tisch und setzte sich. Dann begann er: „Dieses Jahr ist alles anders, Kinder. Dieses Jahr fehlt uns die Mutter. Aber wir wollen trotzdem noch einen Weihnachtsbaum aufstellen.“ Geschickt steckte der Vater die beiden Platten ineinander.

Nun stand tatsächlich ein kleiner Weihnachtsbaum auf dem Tisch.

„Da fehlen die Kerzen", sagte die Zweitälteste.

„Du hast recht", sagte der Vater. „Aber etwas anderes hat dieser Weihnachtsbaum, was sonst kein Weihnachtsbaum hat. Wenn man ihn von oben betrachtet, sieht er aus wie ein Kreuz.

Das erinnert uns daran, dass die Krippe von Jesus aus Holz war wie auch sein Kreuz. Jesus weiß, was Leiden bedeutet und Schmerz. Und er lädt uns ein, dass wir mit unserer Trauer und unserer Traurigkeit zu ihm kommen, zu seiner Krippe und zu seinem Kreuz. Er wird damit fertig."

Dann kam dem Vater eine Idee: „Lasst uns alle etwas holen, das uns jetzt an Mutter erinnert. Das legen wir diesmal unter den Weihnachtsbaum."

Nach einigem Überlegen brachte der eine Mutters Bibel, aus der sie immer die Weihnachtsgeschichte vorgelesen hatte. Die andere fand das Glöckchen, mit dem sie die Weihnachtsstube eröffnet hatte. Der nächste suchte nach dem Messer, mit dem sie den Braten angeschnitten hatte. Der Älteste holte vom Dachboden einen Strohstern. Und die Kleinste kam mit dem Taschentuch, mit dem sie eben noch ihre Tränen abgetrocknet hatte. Schließlich legte der Vater noch seinen Ehering dazu.

Es war eine seltsame Bescherung, die sich unter dem Kreuzweihnachtsbaum angesammelt hatte.

Aber alle hatten das Gefühl, dass es ihnen ein wenig leichter ums Herz war. Und sie waren sich außerdem nähergekommen.

Im nächsten Jahr holte der Vater ein Weihnachtsbäumchen aus dem Wald. Aber der Kreuzweihnachtsbaum musste auch wieder aufgestellt werden. Der gehörte nun dazu. Unter dem einen lagen die Geschenke. Unter dem anderen das, was jeder so loswerden wollte, loswerden bei Jesus, an seiner Krippe, unter seinem Kreuz.

Reiner Braun

Unter dem
Kreuzweihnachtsbaum
lag, was jeder loswerden
wollte, loswerden bei
Jesus,
an seiner Krippe,
unter seinem Kreuz.

Reiner Braun

→ Vorlage „Kreuzweihnachtsbaum"
siehe S. 190

Waldweihnacht

Weihnachten ist für mich ein ganz besonderes Fest! Es steht für Familie, Gemütlichkeit, Plätzchen, brennende Kerzen am Baum, gutes Essen und natürlich auch für Geschenke. Gleichzeitig ist es aber auch eine anstrengende Zeit mit vielen Vorbereitungen, Erwartungen, denn es soll für jeden einzelnen eine perfekt schöne Zeit werden. Zwischendurch kommen aber auch nachdenkliche Fragen: „Wie würde Jesus sich denn seine Geburtstagsfeier wünschen? Mit welchen Menschen würde er feiern? Nur mit seiner Familie und seinen Freunden? Hätte er nicht eher die Ausgegrenzten im Blick, die Obdachlosen, die Einsamen?"

Da mein Mann und ich im sozialen Bereich tätig waren, gab es Zeiten, in denen wir gemeinsam mit anderen Menschen Weihnachten gefeiert haben. Menschen, die keine guten Erinnerungen an Weihnachten hatten, die Weihnachten als eine sehr krisenreiche Zeit erlebten. Wo man neidisch auf die hell erleuchteten Fenster der Nachbarn geschaut hat, weil die sicher all das hatten, was man so schmerzlich vermisste. Da stellt sich natürlich die Frage: „Wie konnte es uns gelingen, ihnen die Weihnachtsbotschaft zu vermitteln?“ Durch die Geburt des Jesuskindes ist auch ihr persönlicher Retter und Heiland auf diese Welt gekommen, die frohe Botschaft gilt für alle Menschen. Nach einigen Überlegungen wollten wir sie Weihnachten einfach mal ganz anders erleben lassen und beschlossen, den Heiligen Abend im Wald zu feiern.

Wir suchten uns einen schönen Tannenbaum aus, an dem wir Kerzen befestigten. Für die Kinder wurden noch Kringel und andere Leckereien hingehängt. Als es dunkel wurde, machten wir uns auf den Weg. Es lag Schnee, im Wald raschelte es mal hier und mal da, aber ansonsten war rings um uns eine wunderbare Stille. Wir hörten nur das Stapfen der Füße im Schnee und ein kühler Wind blies uns um die Ohren. Mein Herz war voller Vorfreude, wie die Frauen mit ihren Kindern diese Waldweihnacht erleben würden. Plötzlich erblickten wir nach einer Kurve einen Baum mit brennenden Kerzen. Mit großen Augen betrachteten die Kinder die Lichter. Da ertönte aus der Dunkelheit das Geigenspiel meines Mannes: „Stille Nacht, heilige Nacht“. Berührt standen wir still und ich dachte an den Chor der Engel in der Weihnachts-

geschichte, wo die Hirten lauschend und staunend auf dem Feld waren. Genau so musste es sich angefühlt haben. Wir stimmten alle mit ein und sangen gemeinsam. Es folgten noch weitere Weihnachtslieder und irgendwie fühlten wir uns alle verbunden, denn Gottes Botschaft an Weihnachten galt für einen jeden von uns. Zum Schluss durften die Kinder noch ihre Schokokringel abnehmen und mit deren Energie stapften alle glücklich und zufrieden in das warme Haus zurück.

Dort gab es dann einen heißen Tee, ein kleines Geschenk für jeden und natürlich auch ein richtig gutes Essen. Die Dankbarkeit der Frauen, Weihnachten mal anders erleben zu dürfen, kam wie ein Geschenk zurück an uns. Letztendlich waren wir alle Beschenkte durch Weihnachten, durch Jesus!

Esther Fischer

Weihnachten
ist für mich
ein ganz
besonderes
Fest!

Esther Fischer

Die Sterntaler

Es war einmal ein kleines Mädchen, dem war Vater und Mutter gestorben, und es war so arm, dass es kein Kämmerchen mehr hatte darin zu wohnen und kein Bettchen mehr darin zu schlafen und endlich gar nichts mehr als die Kleider auf dem Leib und ein Stückchen Brot in der Hand, das ihm ein mitleidiges Herz geschenkt hatte. Es war aber gut und fromm. Und weil es so von aller Welt verlassen war, ging es im Vertrauen auf den lieben Gott hinaus ins Feld.

Da begegnete ihm ein armer Mann, der sprach: „Ach, gib mir etwas zu essen, ich bin so hungrig." Es reichte ihm das ganze Stückchen Brot und sagte: „Gott segne dir's" und ging weiter. Da kam ein Kind, das jammerte und sprach: „Es friert mich so an meinem Kopfe, schenk mir etwas, womit ich ihn bedecken kann." Da tat es seine Mütze ab und gab sie ihm. Und als es noch eine Weile gegangen war, kam wieder ein Kind und hatte kein Leibchen an und fror, da

gab es ihm seins, und noch weiter, da bat eins um ein Röcklein, das gab es auch von sich hin.

Endlich gelangte es in einen Wald, und es war schon dunkel geworden, da kam noch eins und bat um ein Hemdlein, und das fromme Mädchen dachte: „Es ist dunkle Nacht, da sieht dich niemand du kannst wohl dein Hemd weggeben“, und zog das Hemd ab und gab es auch noch hin. Und wie es so stand und gar nichts mehr hatte, fielen auf einmal die Sterne vom Himmel, und waren lauter harte blanke Taler.

Und ob es gleich sein Hemdlein weggegeben, so hatte es ein neues an und das war vom allerfeinsten Linnen. Da sammelte es sich die Taler hinein und war reich für sein Lebtag.

Jacob und Wilhelm Grimm

WUNDERBARE Begegnung im Schnee

Hei, war das ein Spaß! Wie oft er den Hang hinaufgestapft und mit seinem Schlitten jauchzend hinuntergesaust ist, kann der fröhliche kleine Junge am Schluss gar nicht mehr zählen.

Zufrieden schaut er sich seinen selbst gebauten Schneemann an und zieht schließlich seinen Schlitten ein wenig erschöpft, aber doch glücklich heimwärts.

Hinter dem kleinen Tannenwäldchen entdeckt der kleine Junge einen großen, wundervoll geschmückten, hell erleuchteten und mit Päckchen beladenen Schlitten. Sechs Rentiere ziehen den Schlitten recht flott und oben auf dem Schlitten sitzt doch tatsächlich ein Nikolaus.

„Träume ich jetzt, oder sehe ich das wirklich, einen Nikolaus?", fragt sich der Junge, rennt los und ruft, so laut er kann: „Nikolaus, bleib stehen, warte doch."

Nicht zu fassen, unglaublich. Der Nikolaus hat sein Rufen gehört, die Rentiere legen eine Vollbremsung hin und der Nikolaus lächelt den kleinen Jungen an. „Komm zu mir, liebes Kind."

Durch den tiefen Schnee stapft der Junge zu dem Schlitten.

Ganz außer Atem, aufgeregt, nach Luft schnappend, mit großen Augen plappert er los: „Lieber guter Nikolaus, komm geschwind in unser Haus", da wird er auch schon vom Nikolaus unterbrochen. „Du bist ja ein sehr freundlicher und aufgeweckter kleiner Junge. Es freut mich, deine Bekanntschaft zu machen. Wenn du auf dem Heimweg bist, dann komm hoch zu mir und ich nehme dich ein Stück mit." Die Augen des Jungen leuchten voller Glück, er klettert auf den Schlitten und setzt sich auf ein ganz dickes, weiches Fell neben den Nikolaus.

Die Rentiere drehen die Köpfe zu dem Jungen und wiehern fröhlich im Chor: „Nikolaus ist ein guter Mann, dem man stets vertrauen kann", da ruft der Nikolaus den Rentieren zu: „Ist ja lieb von euch, aber wir müssen weiter."

„Nur wohin sollen wir denn jetzt?", fragen die Rentiere.

„Ich wohne in der Holzgasse 4, nicht weit von hier. Vielleicht kennt ihr unser kleines Haus mit der schönsten geschmückten Tanne und den kleinen Rentieren mit Schlitten in unserem Garten? Ich habe die bunten Päckchen darauf selbst gebastelt."

Der Nikolaus und die im Schnee stapfenden Rentiere fangen an zu lachen. „Ach, du bist der kleine Kerl, der so fleißig und voller Freude mit seiner Mutter den Garten so wundervoll geschmückt hat! Wir haben davon gehört. Und weißt du was, wir sind vor wenigen Minuten extra dorthin gefahren und haben gestaunt, wie toll dieser Garten gestaltet ist."

„Das freut mich sehr, danke schön. Wisst ihr, ich bin ja so froh, dass ich euch noch entdeckt habe. Ich habe immer davon geträumt, euch zu begegnen. Und ich habe mir so sehr gewünscht, dass ich sehe, wenn ihr ein Päckchen bei uns versteckt. Meine liebe Mutti hat mich immer wieder daran erinnert, dass ich mir diesen Augenblick wunderschön ausmalen und ganz fest an die Erfüllung glauben soll. Und heute ist es passiert. Ich hätte nie gedacht, dass meine Gedanken und Wünsche Realität werden könnten. Als ich vorhin den Schneemann gebaut habe, da habe ich mir euch genau so vorgestellt. So wunderschön, in vielen bunten Farben und hell erleuchtet. Ich kann es noch gar nicht glauben, dass ich jetzt hier oben auf dem Schlitten neben dem Nikolaus sitze. Wenn ich das meinen Freunden sage, denken die sicher, dass ich Märchen erzähle."

Der Nikolaus schmunzelt: „Ja, du kleiner Kerl, es stimmt, wenn die Menschen ganz fest und immer wieder an etwas glauben, geht so manches in Erfüllung. Aber es stimmt auch, nicht alle Wünsche werden wahr. Manchmal sind es die überzogenen Wünsche, Vorstellungen und Gedanken, die nicht in Erfüllung gehen.

Und ganz häufig sind es materielle Wünsche. Mich wundert es doch sehr, dass du so bescheiden bist und dir nicht große und gleich mehrere Pakete von uns gewünscht hast."

„Jetzt müssen wir aber weiter, sonst geraten wir völlig aus dem Zeitlimit. Außerdem wird es uns kalt, wenn wir so lange rumstehen", rufen die Rentiere ungeduldig.

„Also dann los in die Holzgasse 4, ihr Rasselbande!

Kleiner, halt dich gut fest, die Tiere sind häufig schneller als der Blitz."

Der kleine Junge schmiegt sich ganz dicht an den Nikolaus und fängt zu singen an: „Wenn's schneit, wenn's schneit, ist Weihnacht nicht mehr weit. Dann geht der alte Nikolaus mit seinem Sack von Haus zu Haus."

„Ho, ho, ho, sag mal geht's noch, kleiner Naseweis? Was singst du denn da, der alte Nikolaus? Schau mich doch an. Bin ich etwa ein alter Mann? Und mit einem Sack bin ich auch nicht unterwegs", schmunzelt er.

„Oh, entschuldige bitte. Aber ich habe das Lied doch im Kindergarten so gelernt. Und Mutti singt es auch so mit mir", antwortet der Kleine ganz verlegen.

„Alles gut, mein Lieber, habe nur Spaß gemacht. Ich kenne doch das Lied und freue mich, wenn du es singst. Und überhaupt freue ich mich, wenn in dieser Zeit, nach altem Brauch, noch viele Menschen in der Advents- und Weihnachtszeit Lieder singen."

Vor lauter Gequatsche hat der Junge nicht bemerkt, dass sie bereits in der Holzgasse angekommen sind.

Die Rentiere wären beinahe an der Hausnummer 4 vorbeigefahren, als Rentier Knut ruft und versucht, eine Vollbremsung hinzulegen. Aber alleine, ohne die fünf anderen Rentiere? „Geht's noch, Kumpels? Wo seid ihr denn mit euren Gedanken? Hier wohnt der kleine Kerl. Bremst doch endlich." Und schon ist das Chaos perfekt. „Aua, pass doch auf! Hey, rück mir nicht so nah auf die Pelle! Du stehst auf meinem Huf. Gustaf, du erdrückst mich. Hilfe, ich krieg mein Bein nicht aus dem Seil!", brüllen die Rentiere durcheinander.

„Ihr Banausen, braucht ihr Hilfe beim Sortieren eurer Körper, ist jemand verletzt?"

Der kleine Junge springt erschrocken vom Schlitten und hilft den Rentieren, so gut er kann, beim Aufstehen.

„Alles gut so weit. Wird sicher ein paar blaue Flecken geben. Wir waren so sehr in euer Gespräch vertieft und freuen uns, dass die Menschen neben Smartphone, Tablet und der Suche nach Weihnachtsgeschenken auch noch andere Dinge tun. Entschuldigt bitte."

„Schon gut. Wenn ihr wieder startklar seid, dann verabschieden wir uns jetzt von unserem Gast und ziehen weiter."

„Also Kleiner, bleib, wie du bist, und pass gut auf dich auf. Vielleicht sehen wir uns wieder", rufen die Rentiere grinsend dem Jungen zu und scharren bereits mit den Hufen.

Der Nikolaus steigt vom Schlitten, geht auf den kleinen Jungen zu, nimmt ihn ganz herzlich in den Arm und sagt:

„Kleiner, ich bin so dankbar, dass wir dich kennenlernen durften. Bist ein toller Bursche. Jetzt macht es uns noch mehr Freude, die Menschen mit einer Kleinigkeit zu beschenken. Denn du hast uns gezeigt, dass es nicht immer um große Geschenke geht. Und es ist gut, zu wissen, dass es doch noch glückliche Menschen gibt, die den Glauben nicht verloren haben. Grüße bitte deine Mutter von uns und wir sehen uns bestimmt mal wieder."

„Am liebsten würde ich euch mit zu uns nehmen. Das geht ja nicht, ich weiß. Doch ich trage euch im Herzen immer bei mir und werde vielen Menschen von unserer Begegnung berichten. Gute Fahrt euch allen und Ho, ho, ho", lacht der Junge, winkt und rennt durch den Garten zur Haustür. Er dreht sich noch einmal um und sieht winkend den wundervollen Schlitten samt Nikolaus und Rentieren davonfahren.

In dem kleinen Haus, das wegen seiner braunen Farbe ein klein wenig an ein Lebkuchenhaus erinnert, wartet schon die Mutter des kleinen Jungen mit heißer Schokolade und leckeren frisch gebackenen Waffeln auf ihn.

Der Kleine schließt die Haustür auf, rennt in die Küche zu seiner Mutter und ganz aufgeregt legt er los: „Mutti, Mutti, du glaubst gar nicht, was mir passiert ist", und erzählt ihr alles bis ins kleinste Detail.

„Mein lieber Sohn, es freut mich sehr, dass du diese Erfahrung machen durftest. Du siehst auch sehr glücklich aus. Jetzt weißt du, dass es sich lohnt, an das Gute und Schöne zu glauben. Das wird dir sicher in deinem künftigen Leben ein guter Begleiter sein. Wir erzählen davon allen Menschen, die es hören wollen. Lass uns die Schokolade trinken, die Waffeln essen und anschließend ein paar Lieder singen."

„Ok, Mutti, ich möchte dann später draußen nachschauen, ob der Nikolaus uns auch etwas gebracht hat."

Eine Stunde ist vergangen, als der kleine Junge nach draußen rennt und an seinem geschmückten Schlitten ein goldenes, kleines Päckchen mit einer weiß-goldenen wunderschönen Schleife entdeckt. Rasch rennt er ganz aufgeregt mit dem Päckchen ins Haus. „Schau mal, er hat wirklich ein Päckchen für uns. Er hat es zwischen meine selbst gebastelten Päckchen gelegt. Was da wohl drin ist? Ich bin so gespannt."

Die Mutter lächelt und schaut dem Kleinen beim Auspacken zu.

„Wow, schau mal, was ist denn das? Ein Nussknacker aus Holz. Wie schön geschnitzt und bunt der ist!

Und er kommt gerade zur rechten Zeit, denn unser Nussknacker ist doch kaputt. Das ist ja ein Zufall. Und schau, da sind auch noch Vanillekipferl, Nüsse und Marzipan. Wie cool ist das denn? Und was ist das hier noch? Ein Briefumschlag für dich."

„Welch eine Überraschung, ein tolles Geschenk. So einen Nussknacker wolltest du doch immer haben."

Die Mutter öffnet den Briefumschlag und liest von einem goldenen Blatt: „Denkt euch, ich habe das Christkind gesehen. Es lief durch den Wald, um euch zu sehen und euch diese Botschaft zu bringen:

„Von Osten strahlt ein Stern herein mit wunderbarem Schein und es naht ein himmlisches Licht, das sich in tausend Strahlen bricht! Sperrt auf die Tür und lasst ihn in eure Herzen, den Weihnachtsstern, der Liebe bringt."

Die Mutter nimmt ihren kleinen Jungen in den Arm und flüstert ihm zärtlich in sein Ohr: „Ich habe dich lieb, mein Schatz." „Ich dich auch, Mutti."

Regina Fabian

Zauber der Weihnacht

In der winterlichen Lichterzeit
erwachen in uns
viele Erinnerungen
an längst vergangene Tage.

Birgit Ortmüller

Von Osten strahlt
ein Stern herein
mit wunderbarem Schein
und es naht ein

himmlisches Licht,

das sich in tausend Strahlen
bricht! Sperrt auf die Tür
und lasst ihn in eure Herzen,
den Weihnachtsstern,
der Liebe bringt.“

Regina Fabian

Der helle Stern

Der helle Stern, der helle Stern bleibt überm Stall dort stehen.
Der helle Stern, der helle Stern will nicht mehr weitergehen.
Und wir gehen und wir gehen und wissen, dass wir richtig sind,
denn wir sehen, denn wir sehen die Krippe mit dem Kind.

Der helle Stern, der helle Stern bleibt überm Stall dort stehen.
Der helle Stern, der helle Stern, der weiß, was hier geschehen.
Lasst uns gehen, lasst uns gehen.
Gott steigt herab vom Himmelsthron.
Lasst uns sehen, lasst uns sehen: Gott schenkt uns seinen Sohn.

Der helle Stern, der helle Stern ist unser Wegbegleiter.
Der helle Stern, der helle Stern, der führt uns immer weiter.
Und wir fragen und wir fragen an jedem Haus und jeder Tür;
und wir fragen und wir fragen:
Ist wohl der König hier?

T: Rolf Krenzer, M: Martin Göth

Christkindl-Ahnung

Erleben eigentlich Stadtkinder Weihnachtsfreuden? Erlebt man sie heute noch? Ich will es allen wünschen, aber ich kann es nicht glauben, dass das Fest in der Stadt mit ihren Straßen und engen Gassen das sein kann, was es uns Kindern im Walde gewesen ist.

Der erste Schnee erregte schon liebliche Ahnungen, die bald verstärkt wurden, wenn es im Haus nach Pfeffernüssen, Makronen und Kaffeekuchen zu riechen begann, wenn am langen Tische der Herr Oberförster und seine Jäger mit den Marzipanmodeln ganz zahme, häusliche Dinge verrichteten, wenn an den langen Abenden sich das wohlige Gefühl der Zusammengehörigkeit auf dieser Insel, die Tag und Tag stiller wurde, verbreitete. In der Stadt kam das Christkind nur einmal, aber in der Riss wurde es schon Wochen vorher im Walde gesehen, bald kam der, bald jener Jagdgehilfe mit der Meldung herein, dass er es auf der Jachenauer Seite oder hinter Ochsensitzer habe fliegen sehen. In klaren Nächten musste man bloß vor die Türe gehen, dann hörte man vom Walde herüber ein feines Klingeln und sah in den Büschen ein Licht aufblitzen. Da röteten sich die Backen vor Aufregung, und die Augen blitzten vor freudiger Erwartung.

Je näher aber der Heilige Abend kam, desto näher kam auch das Christkind ans Haus, ein Licht huschte an den Fenstern des Schlafzimmers vorüber, und es klang wie von leise gerüttelten Schlittenschellen. Da setzten wir uns in den Betten auf und schauten sehnsüchtig ins Dunkel hinaus; die großen Kinder aber, die unten standen und auf einer Stange Lichter befestigt hatten, der Jagdgehilfe Bauer und sein Oberförster, freuten sich kaum weniger.

Es gab natürlich in den kleinen Verhältnissen kein Übermaß an Geschenken, aber was gegeben wurde, war mit aufmerksamer Beachtung eines Wunsches gewählt und erregte Freude. Als meine Mutter an einem Morgen nach der Bescherung ins Zimmer trat, wo der Christbaum stand, sah sie mich stolz mit meinem Säbel herumspazieren, aber ebenso frohbewegt schritt mein Vater im Hemde auf und ab und hatte den neuen Werderstutzen umgehängt, den ihm das Christkind gebracht hatte.

Wenn der Weg offen war, fuhren meine Eltern nach den Feiertagen auf kurze Zeit zu den Verwandten nach Ammergau. Ich mag an die fünf Jahre gewesen sein, als ich zum ersten Male mitkommen durfte, und wie der Schlitten die Höhe oberhalb Wallgau erreichte, von wo sich aus der Blick auf das Dorf öffnete, war ich außer mir vor Erstaunen über die vielen Häuser, die Dach an Dach nebeneinander standen. Für mich hatte es bis dahin bloß drei Häuser in der Welt gegeben.

Ludwig Thoma

Das Christkind
IN MIR

Die Nacht war frostig, ein feiner Eiszauber liegt über der Natur und taucht die Welt in eine geheimnisvolle Winterlandschaft. Die Sonne hat heute keine Chance, die Wolkendecke ist einfach zu dick und doch ist dieser Dezembertag einzigartig schön.

Ich zünde eine Kerze an und lege noch mal Holz in dem Kamin nach. Es ist gemütlich warm und beim Anblick der flackernden Kerze schweifen meine Gedanken in meine Jugendzeit. Je mehr ich mich auf diese Reise einlasse, desto deutlicher werden die Bilder und Eindrücke von einst. Es ist Heiligabend, ich habe eine wichtige Aufgabe zu erfüllen. Für zwei Stunden darf ich heute Christkind sein und Kinderaugen mit meiner Anwesenheit zum Leuchten bringen. Es ist eine andächtige, fast heilige Zeit. Die Verwandlung ist aufwendig, die Kinder sollen mich nicht erkennen. Ich schlüpfe in das alte Brautkleid meiner Mutter, erhalte eine Kopfbedeckung und ein zarter Schleier verdeckt mein Gesicht. Goldene Engelsflügel runden mein Aussehen würdevoll ab, ich bin ein Christkind geworden. Meine Mutter geleitet mich bei meinen Besuchen durch die Dunkelheit dieser Heiligen Nacht. Es ist still geworden in unserer lauten Welt. Kein Autoverkehr, kein geschäftiges Treiben mehr auf den Straßen, es ist Ruhe eingekehrt. Wir sind alleine unterwegs, mein weißes Gewand erleuchtet neben dem Schnee die dunkle Nacht. Es sind heilige Augenblicke und ich verspüre eine feierliche Stimmung auf meinem Weg zu den Häusern, in denen man schon sehnsüchtig auf mich wartet. Ich freue mich auf die festlich geschmückten Tannenbäume, die fröhlichen Gesichter der Erwachsenen und die staunenden und aufmerksamen braven Kinder. Ein bisschen aufgeregt bin ich schon. Bleibe ich wirklich unerkannt, kann ich die Wünsche der Großen und auch Kleinen an diesem Abend erfüllen? Ich denke noch heute gerne an diese besonderen Momente zurück und kann die knisternde Anspannung fühlen und die Freude, wenn ich die Geschenke endlich an die Kinder übergebe. Ja, die Kinderaugen strahlen und die Erwachsenen ebenso und manchmal sind ihre Augen feucht vor Rührung.

Es waren wertvolle Augenblicke, wie man sie nur selten im Leben empfindet. Sie berühren mich immer wieder und begleiten mich bis heute. Ich verbinde liebevolle Erinnerungen an diese besonderen Heiligen Abende in meiner Jugendzeit. Heute bin ich kein „Christkind“ mehr, oder etwa doch? Warte ich ebenso sehnsüchtig wie die Kinder von einst auf dieses Kind in der Krippe? Erkenne ich das Wunder der Geburt, die Menschwerdung Gottes in seinem Sohn?

> Ich möchte diesem Christuskind mein Herz öffnen und es darin aufnehmen. Sein Licht soll in mir und durch mich leuchten, wie die Kerze, die die Finsternis erhellt.

Ich freue mich, das Christkind kommt bald und wird auch in mir geboren. Gottes Liebe wird spürbar und kommt den Menschen ganz nah. Es kann in mir Weihnachten werden, das Christkind klopft bereits an. Es ist bei mir angekommen.

Birgit Ortmüller

Ich möchte diesem

Christuskind

mein Herz
öffnen und es darin aufnehmen.
Sein Licht soll in mir und
durch mich leuchten,
wie die Kerze,
die die Finsternis erhellt.

Birgit Ortmüller

Kein Weihnachten OHNE BAUM!

Mein Weihnachtsfest ist immer mit Weihnachtsbaum. Ohne Baum ist es irgendwie nicht richtig, und ich kann mich auch nicht erinnern, dass es bei uns zu Hause einmal ein Fest ohne Christbaum gegeben hat. Selbst wenn es nur ein kleines Lebensbäumchen in einem Blumentopf ist – für eine Minilichterkette und ein paar glitzernde Kugeln reicht es allemal! Normalerweise hatte unser Christbaum aber immer Gardemaß und stand – mit Licht und Glitzer geschmückt – in der hinteren Ecke des Wohnzimmers.

Kein Weihnachten ohne Baum. Warum das so ist, kann ich gar nicht genau sagen. Mir ist klar, dass der Christbaum eigentlich nur Dekoration ist, aber ich finde, er macht etwas mit dem Raum, in dem er steht. Er verändert seine Atmosphäre, seinen Duft, seine Beleuchtung … er macht Weihnachten im Haus.

Und irgendwie repräsentiert er auch die Familie. Meinen geliebten

Papa zum Beispiel, der immer alles reparieren konnte und immer eine Lösung fand. Beim Christbaum war es nicht anders: Eines schönen Heiligabendmorgens stellte Papa zum Beispiel fest, dass er eine Tanne gekauft hatte, der oben einige Reihen Äste fehlten (zu schnell gewachsen). Weil es ihm nicht so gut gefiel und der Baum doch die perfekte Kegelform haben sollte, sägte er kurzerhand den Teil des Stammes ohne Äste heraus, bohrte in den unteren Stamm einen Dübel, befestigte im Stamm der Krone eine Schraube und schraubte den Eumel so wieder zusammen. Tadaaa, der perfekte Christbaum!

Oder mein zweitältester Bruder: Er ist der Akkurate von uns, der Gewissenhafte, achtet auf die Details und ist verlässlich. Hobby: Modellbau. Natürlich war er am Heiligabend dafür zuständig, die Lichterkette am Christbaum anzubringen. Kein schiefes Kerzchen, ein Abstand wie der andere.

Die anderen beiden Brüder wären vielleicht ein wenig zu ungeduldig dafür gewesen, oder es war ihnen weniger wichtig – Hauptsache Lametta! Obwohl … der Älteste der Geschwister ist schon seit jeher für den 4-Meter-Baum im Gemeindehaus zuständig. Da, wo richtig angepackt werden muss, damit das Projekt gelingt. Wo man furchtlos und schwindelfrei auf eine riesige Leiter klettern muss, um den Baum zu schmücken. Wo Dinge einfach erledigt werden müssen – dort ist er zu finden und gern im Einsatz. So ist er nun mal.

Und ich? Mittlerweile kümmere ich mich allein um Aufbauen, Ausrichten (mein Trick ist, ein Frühstücksbrettchen unterzulegen, falls Mr. Nordmann schief gewachsen ist – mit Dübel und Schraube habe ich noch nicht gearbeitet), Aufstellen und Ausleuchten. Aber am liebsten schmücke ich den Baum. Die dekorative Ader trauen mir manche nicht zu, aber eigentlich bin ich gar nicht so unbegabt darin. Mir macht es Freude, eine Nordmanntanne in einen Christbaum zu verwandeln.

Und dann, so denke ich mir, ist er doch mehr als Weihnachtsdekoration. Er ist ein Symbol für das, was Jesus aus uns machen kann:

Ein Baum wie jeder andere wird zum Christbaum. Er kommt heraus aus dem dunklen, kalten Wald, wird geschmückt und trägt zu einem warmen, hellen Weihnachtsfest bei.

So wie die Menschen, bei denen durch Jesu Rettungsplan endlich Weihnachten wird. Er holt sie heraus aus Finsternis und Kälte. Er schmückt sie hingebungsvoll mit aller Liebe. Und er macht aus ihnen glitzernde, bunte, leuchtende Unikate. Damit sie es wiederum in ihrer Umgebung hell, warm und freundlich werden lassen können. Und dann kann das Fest kommen!

Mirjam Langenbach

Ein Baum wie jeder
andere wird zum

Christbaum.

Er kommt heraus aus
dem dunklen, kalten Wald,
wird geschmückt und
trägt zu einem warmen,
hellen Weihnachtsfest bei.

Mirjam Langenbach

Der Weihnachtsbaum

Von allen den Bäumen jung und alt,
Von allen den Bäumen groß und klein,
Von allen in unserm ganzen Wald,
Wer mag doch der allerschönste sein?
Der schönste von allen weit und breit,
Das ist doch allein, wer zweifelt dran?
Der Baum, der da grünet allezeit,
Den heute mir bringt der Weihnachtsmann.

Wenn alles schon schläft in stiller Nacht,
Dann holet er ihn bei Sternenschein
Und schlüpft, eh' einer sich's gedacht,
Gar heimlich damit ins Haus hinein.
Dann schmückt er mit Lichtern jeden Zweig,
Hängt Kuchen und Nüss' und Äpfel dran:
So macht er uns alle freudenreich,
Der liebe, der gute Weihnachtsmann.

August Heinrich Hoffmann von Fallersleben

Der wahre Wert von Weihnachten

Endlich zu Hause! Ich stieg aus dem Zug und schnappte mir mein Fahrrad. Es war schon um einiges kühler draußen und ich wollte mich schnellstmöglich ins gemütliche Warme retten. Also schwang ich mich auf den Sattel und trat in die Pedale. Gerade als ich vom Bahnhof abbiegen wollte, nahm ich aus dem Augenwinkel eine Frau mit auffallend rot gefärbten Haaren wahr. Unter ihren Augen lagen Schatten und die Falten in ihrem Gesicht verrieten, dass sie keine einfache Lebensgeschichte hinter sich hatte. Mit einer hochprozentigen Flasche Alkohol in der Hand saß sie auf dem Bahnsteig auf einer der Wartebänke und starrte ins Leere. Nun, das sah man immer wieder an Bahnhöfen. Das ging mich nichts an. Bestimmt wartete sie nur auf ihren Zug, um nach Hause zu gelangen. Entschlossen radelte ich weiter. Da erfasste mein Blick die Bahnhofsuhr rechts von mir und ich stutzte. Es handelte sich um einen kleinen Bahnhof. Da ich hier aufgewachsen war, kannte ich die Verbindungen auswendig. Der nächste Zug fuhr erst in vierzig Minuten. Was wollte diese Frau so früh hier? Ich schüttelte den Kopf über mich selbst. Was machte ich mir Gedanken über eine Person, die ich gar nicht kannte? Ab nach Hause! Da spürte ich es.

Es war ein leises Ziehen in meinem Bauch und ich stöhnte innerlich. Ich wusste genau, was das bedeutete. Ein „Jetzt-oder-nie-Moment" von Gott. Entweder sprach ich die Frau jetzt an oder ich würde mich tagelang fragen, was gewesen wäre, wenn ich meinem Eindruck doch gefolgt wäre. Also stieg ich von meinem Fahrrad ab und näherte mich vorsichtig der Wartebank. „Ist alles in Ordnung?" Die Frau wandte mir ihr Gesicht zu. Ich setzte mich zu ihr und in den folgenden Minuten erzählte sie mir von ihrer Geschichte und eine tiefe Hoffnungslosigkeit schlug mir entgegen. In meinem Herzen bewegte sich etwas. Diese Frau kannte Jesus nicht. Wie aussichtslos musste ihr die eigene Situation da erscheinen? Obwohl ich nicht die beste Spontanrednerin bin, erzählte ich ihr zaghaft von dem Retter, der als Licht in unsere Dunkelheit gekommen war, und gab ihr den Vers der Offenbarung 21,4 mit. „Er wird ihnen alle Tränen abwischen. Es wird keinen Tod mehr geben, kein Leid, keine Klage und keine Schmerzen. Denn was einmal war, ist für immer vorbei." Zwar wusste ich aus dem Stegreif nicht mehr die genaue Bibelstelle, doch die Frau klammerte sich so hoffnungsvoll an diese Zusage, dass ich beschloss, nach

Hause zu fahren und den Vers rauszusuchen und mitzunehmen. Ich verabschiedete mich von ihr und beeilte mich. Kaum war ich durch die Haustür, tat ich, was ich mir vorgenommen hatte. Einer spontanen Eingebung folgend, füllte ich ein Säckchen mit frisch gebackenen Plätzchen ab. Meiner verwunderten Mutter rief ich nur zu, dass ich gleich wieder gehen müsse, weil ich jemanden am Bahnhof getroffen hätte, dem ich noch etwas vorbeibringen wolle. Als ich zurückkam, war die Frau immer noch dort und ich überreichte ihr das spontane Weihnachtsgeschenk.

Diese Geschichte machte mir erneut bewusst, dass ich nicht nur für mich lebte.

Jesus hat sich ganz klein gemacht, um Licht in unsere triste, graue Welt zu bringen. Und er möchte dich und mich dazu gebrauchen, die frohe Botschaft weiterzutragen.

Denn in dieser Hoffnung liegt der wahre Wert von Weihnachten. Selbst wenn wir oft nicht erfahren, wie die Geschichten der Menschen weitergehen, die Gott uns über den Weg schickt.

Bis heute weiß ich nicht, was unser Gespräch in dieser Frau ausgelöst hat. Jahre später traf ich sie zufällig in der Stadt. Als ich sie auf unser früheres Treffen ansprach, erkannte sie mich nicht mehr wieder.

Doch das war auch nicht wichtig. Unsere Begegnung war ein kleiner Samen, der gesät wurde. Ob und wann dieser je aufgeht, liegt allein in Gottes Hand.

Carole Buess

Die Geburt Jesu

in Bethlehem ist keine
einmalige Geschichte,
sondern ein Geschenk,
das ewig bleibt.

Martin Luther

Jesus hat sich
ganz klein gemacht,
um Licht in unsere triste,
graue Welt zu bringen.
Und er möchte dich und
mich dazu gebrauchen, die

frohe Botschaft

weiterzutragen.

Carole Buess

Ein leerer Stuhl

Wie immer kommt Weihnachten viel zu schnell, obwohl uns schon im September die ersten Lebkuchen beim Einkaufen begrüßen. Dennoch steht der Adventskranz bei mir oft erst am 2. oder 3. Advent im Wohnzimmer. Die Zeit vor Weihnachten scheint vielfach noch hektischer zu sein und schneller zu vergehen als sonst im Jahr. Aber wenigstens sind die Adventskalender der Kinder pünktlich zum 1. Dezember gefüllt, zumindest schon einmal die ersten Tage. So wirklich ruhig und besinnlich empfinde ich die Vorweihnachtszeit vielfach nicht, obwohl ich mir immer diese Ruhe und Besinnung wünsche. Aber auch bei allem widersprüchlichen Empfinden der Vorweihnachtszeit in seiner vielfachen Hetze und Terminfülle hat das Licht der Kerzen in dieser dunklen Jahreszeit eine froh machende und tröstende Wirkung auf mich. Das Licht, das gerade in der Dunkelheit so guttut und wichtig für uns ist. Die Lichter der Advents- und Weihnachtszeit schenken mir Trost, Hoffnung, Wärme und Geborgenheit. Sie laden ein, innezuhalten und stillzustehen. Sie sind ein Symbol für das Licht, das Gott uns durch Jesus in diese Welt geschickt hat, und zeigen uns auch heute noch, dass Gott in Jesus für uns Licht sein möchte.

Vor einigen Jahren war ich mit meiner Tochter vor Weihnachten im Krankenhaus. Auch dort war zu spüren, dass es eine ganz eigene Zeit war, und man versuchte, den Kindern eine besondere Freude zu machen. Alle auf der Station haben ein Geschenk bekommen. Das ist Weihnachten: Gott macht uns ein Geschenk, indem er Jesus auf diese Welt geschickt hat. Der große Gott wird klein und kommt als Kind auf diese Erde. Gott hat uns in dieser oftmals so gebrochenen Welt nicht alleine gelassen, sondern wurde so klein, verletzlich und verwundbar wie wir Menschen. Er ist hineingekommen in unsere Not, unseren Schmerz, unsere Verwundbarkeit, unsere Hetze, Rast- und Ruhelosigkeit.

Als ich die Anfrage bekam, eine Geschichte zu Weihnachten zu schreiben, wusste ich noch nicht, was sich in den nächsten Wochen ereignen würde. Mein Bruder ist im Urlaub tödlich verunglückt. Zunächst wollte ich absagen und keinen Text mehr schreiben. Doch plötzlich kam mir der Gedanke, dass ich dennoch einen Beitrag zu Weihnachten verfassen möchte. Ich will etwas schreiben zum Trost für all diejenigen, die einen geliebten Menschen verloren haben und das Weihnachtsfest in diesem Jahr ohne diesen geliebten Menschen feiern müssen. Ein Platz bleibt bei uns an Weihnachten leer, denn mein Bruder, der meistens die Weihnachtszeit mit uns verbracht hat, wird an diesem Fest nicht bei uns sein. Unsere Feier hat meistens damit begonnen, dass wir gemeinsam gegessen haben. Anschließend wurden Geschenke ausgepackt und wir haben die Weihnachtsgeschichte gelesen und jeder hat erzählt, was an Weihnachten wichtig ist oder war. Erinnerungen an die letzten Weihnachtsfeste, die wir mit meinem Bruder erlebt haben, werden sicherlich an diesem und weiteren Weihnachtsfesten aufkommen und uns schmerzhaft an die Lücke erinnern, die durch seinen plötzlichen Tod entstanden ist.

Weihnachten feiern bedeutet nicht, dass im Leben alles gut verläuft, kein Schmerz und Leid uns treffen wird, aber es bedeutet, dass Gott uns auch in aller Not und allem Leid, aber natürlich auch in allem Schönen begleitet.

Er selbst kam als Kind auf die Erde, um uns in diesem Leid und dieser Not nicht alleine zu lassen. Durch Jesus dürfen wir wissen, dass Gott uns liebt und uns nahe ist. Er kennt und versteht uns wie kein anderer, denn er hat alle Not selbst durchlebt. Er hat diese Liebe bis zu seinem Tod am Kreuz unter Beweis gestellt. Hierdurch darf ich wissen, dass Gott mich, meine Not und meine Kämpfe kennt und versteht. Bei ihm dürfen wir unser Herz ausschütten und an seinem Herzen zur Ruhe kommen und ein Stück dieses Friedens, ein Stück seines Reiches schon hier und jetzt spüren.

Cornelia Reiffen

Weihnachten

feiern
bedeutet nicht, dass im
Leben alles gut verläuft,
kein Schmerz und Leid
uns treffen wird, aber es
bedeutet, dass Gott uns
auch in aller Not und allem Leid,
aber natürlich auch in
allem Schönen begleitet.

Cornelia Reiffen

Der Weihnachtsengel
aus Bethlehem

Wann beginnt eigentlich die Weihnachtszeit? Ich bin Anfang September zum Einkaufen unterwegs und als ich in die Läden einkehre, stehen schon überall die Paletten in den Gängen mit den weihnachtlichen Süßigkeiten aufgetürmt. Spekulatius, Lebkuchen, die Weihnachtsmänner stehen im Spalier und warten auf ihre Käufer. Im Inneren schießt mir der ärgerliche Gedanke wieder durch den Kopf, dass das Geschäft mit Weihnachten bereits drei Monate vor dem Fest begonnen hat. Dann überlege ich, dass es vielleicht doch gut ist, dass jetzt all die Süßigkeiten zum Verkauf stehen. Dann haben die Menschen bis zur Adventszeit schon genug konsumiert und könnten die alte christliche Tradition, dass die Adventszeit eigentlich eine Fastenzeit ist, wiederbeleben. Im Stillen schmunzle ich über diesen Gedanken und schon habe ich zwei Packungen von den Spekulatius in den Einkaufswagen gelegt, die ich besonders mag.

Als ich dann zu Hause im Büro an meinem Schreibtisch sitze, sehe ich den Weihnachtsengel. Eine Schnitzerei aus echtem Olivenholz aus Bethlehem. Ein Geschenk eines guten Freundes zu meinem 50. Geburtstag. Es ist eine große Figur, 24 mal 20 Zentimeter, und sie steht, wenn ich am Schreibtisch sitze, mir genau gegenüber im Regal. Jeden Tag sehe ich den Engel. Nur wenn die Adventszeit beginnt, wechselt er seinen Standort. Dann, wenn meine Frau in der Woche vor dem 1. Advent die Kisten mit der Weihnachtsdekoration vom Speicher holt und in den nächsten Tagen unser Haus mit einem weihnachtlichen Glanz versieht. Gehäkelte Schneeflocken und Sterne werden an den Fensterscheiben angebracht, hier und dort wird weiterer weihnachtlicher Schmuck ausgelegt und aufgehängt. Die Fenster werden mit Lichterketten versehen und die Krippenfiguren und der Stall werden im Lebezimmer aufgestellt. Mit besonders viel Liebe wird auf einem Regal dann der Engelplatz hergerichtet und die unterschiedlichsten Engel ihrer Sammlung werden dort aufgestellt. Engel aus Holz, Metall, Beton, die gebastelten Engel der Kinder aus der Schulzeit, die vielen Engel, die sie einmal geschenkt bekommen oder selber gebastelt haben. Zum Schluss werden Lichterketten zwischen die Engel gelegt und wenn diese abends brennen, dann hat man wirklich eine Vorstellung davon, wie es damals vor über 2000 Jahren in Bethlehem gewesen sein muss, als die Engel den Hirten die frohe Botschaft von der Geburt Jesu verkündigt haben.

Wenn meine Frau also den Engelplatz herrichtet, dann stelle ich meinen Engel aus Bethlehem zu den „himmlischen Heerscharen" dazu. Dann stimmt er ein in den Jubelgesang der Engel am Weihnachtsabend: „Fürchtet euch nicht! Siehe, ich verkündige euch große Freude, die allen Menschen widerfahren wird; denn euch ist heute der Heiland geboren, welcher ist Christus, der Herr, in der Stadt David." (Lukas 2,10–11)

Ich freue mich schon auf die Advents- und Weihnachtszeit, wenn wir dann im Lebezimmer als Familie und mit Gästen zusammensitzen und auf dem Regal die Engel leuchten. In ihrer stillen Anmut verkündigen sie uns allen: Fürchtet euch nicht! Gott ist in dieser Welt. Wir sind nicht allein und gegenüber ist die Krippe mit dem Kind im Stall. Dazwischen sind wir, trinken Tee und Kaffee, essen Plätzchen, die Kerzen des Adventskranzes brennen und das Feuer im Kaminofen flackert fröhlich. Draußen ist es dunkel, regnerisch und kalt, der Herbstwind pfeift um das Haus. Und wir sind eingerahmt zwischen den Engeln und der Krippe und hören die Botschaft: „Fürchtet euch nicht! Gott ist in dieser Welt."

Das ist eine gute Botschaft, besonders in unserer Zeit, wo sich so vieles verändert in unserem Land und wir hinausblicken zu den kriegerischen Konflikten in dieser Welt. Die Menschen sehnen sich nach Geborgenheit und Frieden und laufen denen nach, die dies versprechen. Und was hält uns in dieser Zeit?

„Fürchtet euch nicht!" Das ist die gute Botschaft, woran mich der Engel aus Bethlehem erinnert. In seiner Haltung drückt er das wunderbar aus. Ein Flügel deutet eine Umarmung an und der andere Flügel zeigt zum Himmel. Gott im Himmel ist in unsere Welt gekommen. Wir brauchen uns nicht zu fürchten. Wir sind geborgen, so wie im Flügel des Weihnachtsengels, der sich um uns legt. Er ist da. Und wie der Engel damals den Hirten, so zeigen die Engel bis heute uns immer wieder die Orte, wo wir Gott in dieser Welt erkennen und finden. Dafür sind Engel da.

Und nach Weihnachten? Da verschwindet mein Weihnachtsengel aus Bethlehem nicht in den Kartons auf dem Speicher, sondern wird wieder ins Regal gegenüber meinem Schreibtisch gestellt. Er wird mir das ganze Jahr verkündigen:

„Fürchte dich nicht! Siehe,
ich verkünde dir große Freude,
denn dir ist heute der Heiland
geboren, welcher ist Christus,
der Herr, in der Stadt David."
(Nach Lukas 2,10–11)

Auf die Frage am Anfang antworte ich: Die Weihnachtszeit hat vor mehr als 2000 Jahren, damals in Bethlehem, begonnen und hält bis heute an. Und das ist gut! Mein Weihnachtsengel aus Bethlehem erinnert mich jeden Tag daran. Dann, wenn die Weihnachtsdekorationen wieder im Speicher sind und die Läden leer von weihnachtlichem Schmuck und Süßigkeiten. Bei mir – im Regal – steht der Weihnachtsengel aus Bethlehem das ganze Jahr.

Ein kleiner Ort erfüllt mit weihnachtlichem Glanz und der Botschaft: „Fürchte dich nicht!"

Stefan Wagener

→ Engel-Vorlagen siehe Seite 188/189

„Fürchte dich nicht!
Siehe, ich verkünde dir
große Freude, denn dir
ist heute der

Heiland

geboren,
welcher ist Christus,
der Herr, in der Stadt David."

Nach Lukas 2,10–11

Die Nacht vor dem Heiligen Abend

Die Nacht vor dem Heiligen Abend,
da liegen die Kinder im Traum.
Sie träumen von schönen Sachen
und von dem Weihnachtsbaum.

Und während sie schlafen und träumen,
wird es am Himmel klar
und durch den Himmel fliegen
drei Englein wunderbar.

Sie tragen ein holdes Kindlein,
das ist der heilige Christ.
Es ist so fromm und freundlich,
wie keins auf Erden ist.

Und während es über die Dächer
still durch den Himmel fliegt,
schaut es in jedes Bettlein,
wo nur ein Kindlein liegt.

Und freut sich über alle,
die fromm und freundlich sind,
denn solche liebt von Herzen
das himmlische Kind.

Heut schlafen noch die Kinder
und sehen es nur im Traum,
doch morgen tanzen und springen sie
um den Weihnachtsbaum.

Robert Reinick

Mach Platz in *deinem Herzen*

Wann immer ich das Wort „Weihnachten" höre, werden Gedanken an meine frühe Kindheit wach. Ein besonderes Bild entsteht in mir, wie ich aus meinem Bettchen heraus aus dem Kinderzimmer über den Flur bis zur Wohnzimmertür schaue. Diese verschlossene Tür, deren große Glasfläche von innen mit einer Decke verhüllt ist, stellte ein unüberwindliches Hindernis für meine Neugier dar. „Hat das Christkind schon was gebracht? Oder ist es vielleicht gerade da und baut auf?" Fragen über Fragen.

„Das Christkind arbeitet", sagte meine Mutter stets, wenn ich versuchte, irgendwie an den Falten der Decke vorbei ins Innere des Zimmers zu sehen.

Katholisch aufgewachsen, wusste ich, dass das Christkind zum Geburtstag vom Jesuskindlein die Geschenke bringt; aber nicht im Traum hätte ich gedacht, dass das „Christkind" und das in der Krippe liegende Jesuskind ein und dieselbe Person sein sollten. Unter „Christkind" konnte ich mir so gar nichts vorstellen, ich nahm an, das sei irgend so ein Eigenname für ich weiß nicht wen.

Der Vorhang blieb ein paar Tage lang hängen. Er sollte die Spannung steigern, was er auch erfolgreich tat. Einige Tage zuvor war der Weihnachtsbaum aufgebaut worden. Papa stellte die Tanne auf, baute eine Landschaft mit Krippe darunter und Mutter schmückte den Baum. Immer mit sehr viel Gold.

Mein drei Jahre älterer Bruder Stefan und ich durften dann die Krippenfiguren aufstellen. Dreist wie ich war, stellte ich schon Ochs und Esel in die Stallung der Krippe, noch bevor ausgemacht worden war, wer welche Figuren aufstellen darf. Ich bestand unter Tränen darauf, die vielen Schafe auf ihre Plätze zu stellen, sodass für meinen Bruder nur die restlichen Figuren übrig blieben.

Aber damit war ein Streit noch nicht umgangen, denn da war ja noch der „Owie". Owie, so nannten wir die strahlende Figur des jungen Schäfers, der auf seinen Armen ein Lämmlein als Geschenk zum Jesuskindlein bringt. Owie, den Namen hatten wir aus dem Lied „Stille Nacht", in dem es doch heißt, „Gottes Sohn, o wie lacht!" Ja, dieser Junge musste der Owie sein, der da im Lied lacht, als er den Sohn Gottes sieht.

Weil ich mit dem Quengeln einfach nicht aufhören wollte, überredete mein Vater Stefan, den Owie mir zu überlassen, und dafür durfte mein Bruder an einem Band den Engel am Krippendach befestigen. Und dann war auch schon die Zeit gekommen, dass wir das Wohnzimmer verlassen mussten und die Glastür für die nächsten Tage verhängt wurde.

Eigentlich ist ja das Jesuskind auf Heu und Stroh der Anlass für die ganzen Festtage und die Freude, jedoch stand es für mich früher so gar nicht im Zentrum meines Interesses. Bei mir drehte sich alles um die erwarteten

Geschenke, um die freie Zeit, um die gemeinsame Zeit mit den neuen Spielsachen. Der Kirchenbesuch an Heiligabend und an den Weihnachtstagen war nur lästige Pflicht, aber „Gott sei Dank“ irgendwann geschafft.

Erst viel später in meinem Leben wurde Jesus wichtiger. Zu Herzen ging mir die Weihnachtsgeschichte, vor allem die im Johannesevangelium, so mit 15 Jahren. Dort heißt es, dass der Gott, der alles erschaffen hat, in die Welt kam: „Er kam in sein Eigentum, und die Seinen nahmen ihn nicht auf!“ (Johnnes 1,11)

Heute weiß ich natürlich, dass mit dem Jesuskind der Erlöser in die Welt kam und dass er am Kreuz für unsere Sünden gestorben ist. Aber Weihnachten ist für mich nicht nur ein Wissen oder ein „Für-wahr-Halten“, sondern ich bin persönlich gerade an Weihnachten herausgefordert, meine Herzensherberge zu öffnen; nicht nur für Jesus, sondern für all die Menschen, die keine irdische Herberge haben und auch keine geistliche Heimat in Jesus Christus.

Dieses Kind in der Krippe, das zeit seines Lebens hier kein wirkliches Zuhause fand und nicht einmal zur Geburt eine Herberge hatte, fordert mich heraus, Platz in meinem Herzen für Jesus zu haben, damit er auch mit mir eine – nämlich seine Geschichte – schreiben kann.

Dieter Hesse

Dieses Kind
in der Krippe fordert
mich heraus,
Platz
in meinem Herzen
für Jesus zu haben.

Dieter Hesse

In der Stille
kommen wir zur Ruhe,
in der Stille der

Heiligen Nacht

ist uns Gottes Sohn
ganz nah und wir
erleben das Wunder
von Weihnachten.

Birgit Ortmüller

Stille Nacht,
HEILIGE NACHT

Stille Nacht, heilige Nacht,
Hirten erst kundgemacht,
durch der Engel Halleluja
tönt es laut von fern und nah:
Christ, der Retter ist da!
Christ, der Retter ist da!

Stille Nacht, heilige Nacht!
Gottes Sohn, o wie lacht
Lieb aus deinem göttlichen Mund,
da uns schlägt die rettende Stund,
Christ, in deiner Geburt,
Christ, in deiner Geburt.

Überliefert

Eine ganz besondere Zeit

Zeit der Freude
Wir entfliehen dem Alltag,
den Sorgen und Verpflichtungen
und geben der Freude Raum,
sich zu entfalten.

Zeit des Miteinanders
Wir nehmen uns bewusst Zeit
für unsere Lieben.
Diese Tage bringen uns
einander näher,
wir leben Gemeinschaft.

Zeit der Besinnung
Wir kommen zur Ruhe
und unsere Gedanken
gehen auf Reisen.

Zeit der Gnade
Weihnachten ist die Rettung
der Menschheit.
Gottes Liebe wird in
seinem Sohn lebendig,
welch eine Gnade.

Birgit Ortmüller

Weihnachten OHNE ALLES

Wie jedes Jahr wollte ich mit meinen beiden Kindern die Weihnachtstage bei den Großeltern verbringen. Da sie in 300 Kilometer Entfernung wohnen und wir eine Woche dort verbringen wollten, war besondere Vorbereitung nötig. Die Geschenke für die ganze Verwandtschaft mussten besorgt und eingepackt werden. Geschenke, die online zu bestellen waren, habe ich gleich an die Großeltern liefern lassen, um diese nicht auch noch transportieren zu müssen. Wir schrieben Listen, packten Koffer und Taschen, brachten einen Weihnachtsgruß zu den Nachbarn und verabschiedeten uns bis zum neuen Jahr. Das Haus musste urlaubsfertig vorbereitet und der Kühlschrank geleert werden. Wir waren bereit.

Aber dann bekam mein Sohn hohes Fieber und einen Magen-Darm-Infekt. Er war nicht transportfähig. Wir hatten unsere Abreise für den 23.12. geplant. „Am 24. geht es ihm sicher besser, dann können wir fahren", dachte ich. Aber es wurde leider gar nicht besser. Auch am Heiligen Abend hing er über dem Eimer und konnte nicht aufstehen. In diesem Zustand wollte ich den 19-Jährigen nicht allein lassen. Schweren Herzens entschieden wir, daheim zu bleiben.

Und plötzlich hatten wir Zeit. Alles war geputzt und aufgeräumt, kein Besuch wurde erwartet und ein ausführliches Menü gab es auch nicht zu kochen, denn es war Sonntag und wir konnten nichts mehr einkaufen. Ich holte die verstaubten Flöten hervor und spielte mit meiner Tochter alle Weihnachtslieder durch, die wir finden konnten. Im Regen nahmen wir an der Waldweihnacht teil, zu der wir unsere Mitarbeit abgesagt hatten, und konnten einfach mal Gäste sein. Im Keller suchten wir uns aus den trockenen Vorräten ein Weihnachtsessen zusammen und kochten Spaghetti mit Erbsen und Möhren aus der Konservendose. Wir warfen uns in Schale und genossen den sehr ruhigen Abend. Die zwei Geschenke, die ich nicht woandershin hatte liefern lassen, waren schnell ausgepackt und so hatten wir viel Zeit, zu singen und die Weihnachtsgeschichte zu lesen und zu bedenken.

Und wir stellten beim Lesen fest, dass in der Weihnachtsgeschichte nichts von Festtagsmenü, großen

Geschenken, perfekt dekorierten Wohnzimmern, Zusammensein in der Familie und dem ganzen Stress von Weihnachtspost und der Habe-ich-auch-an-alle-gedacht-Frage steht. Sondern dass es um einen Gott geht, der hineinkommt in unser unperfektes Leben. Der als Geburtsort nicht den Palast und als Mutter nicht die Tochter eines hochrangigen Ministers gewählt hat. Sondern der das echte Leben mit uns leben will, das nicht von Prestige, Besitz und Bildung verdeckt wird. Es geht um einen Gott, der auch dann ein sicherer Halt ist, wenn alle Pläne scheitern und Träume platzen. Einen Gott, der uns Menschen so nah kommt, dem wir nichts vorweisen oder beweisen müssen, sondern der mit uns sogar Spaghetti mit Erbsen und Möhren aus der Dose essen würde. Einen Gott, den wir in der Stille und Einfachheit am besten entdecken können.

Unser Weihnachten wurde ganz anders, aber vielleicht waren wir dem ersten Weihnachten noch nie so nah wie in diesem Jahr.

Birgit Götz

Weihnachten

geht es um Gott,
der uns Menschen
so nah kommt,
dem wir nichts vorweisen
oder beweisen müssen.

Birgit Götz

Leuchtende Wünsche

für dich

gelegentlich
eine Erleuchtung
und
ein Spaziergang auf der Milchstraße
dann und wann
eine Sternstunde
und

eine Prise Sternenglitter für den Alltag
immer wieder
lichtvolle und sternklare Gedanken
und
ein Leuchten in deinen Augen
und jederzeit
Hoffnungsschimmer
und
ein Stern, der dich leitet

Petra Klippel

Nun leuchten wieder *die Weihnachtskerzen*

Nun leuchten wieder die Weihnachtskerzen
und wecken Freude in allen Herzen.
Ihr lieben Eltern, in diesen Tagen,
was sollen wir singen, was sollen wir sagen?

Wir wollen euch wünschen zum heiligen Feste
vom Schönen das Schönste, vom Guten das Beste!
Wir wollen euch danken für alle Gaben
und wollen euch immer noch lieber haben.

Gustav Falke

Weihnachten heute

Was mir das Christkind in diesen Zeiten des stillen Lauschens alles erzählt, lässt sich schwer beschreiben. Ich weiß nun nach den vielen Jahren, dass ich es immer wieder erleben kann, wenn ich mich hineinwage in das Geheimnis dieser besonderen Zeit. Wie damals blicke ich immer wieder hinauf zum endlosen Himmel, bis es ganz still wird in mir und er selbst die schönsten Geschichten erzählt.

Ich glaube die Heilige Familie zu sehen, wie sie unterwegs ist, um Herberge zu finden, und ich öffne ihr in diesen Momenten mein ganzes Herz, damit ich Weihnachten in mir erleben kann.

Wieder schließe ich die Augen und versuche in die Augen des göttlichen Kindes zu blicken, das uns das Heil in die Welt gebracht hat und mir mehr sagt als tausend Worte. Seine Eltern verweilen an der Krippe und lächeln zufrieden. In mir atmet Zufriedenheit, wie ich sie nur am Heiligen Abend zu empfinden glaube.

Ich erblicke die Hirten, die vom Feld gekommen sind, um das Kind zu sehen und es anzubeten. Mit meinem Herzen und mit meinen

Augen versuche ich das Kind zu streicheln. Plötzlich rüttelt mich das Geläut einer kleinen Glocke aus meinen Träumen. Es kommt vom Wohnzimmer unseres Hauses und kündigt mir an, dass nun das Christkind gekommen ist, an dessen Krippe ich eben noch in meinem Traum gestanden habe.

Ich gehe, wie jedes Jahr, mit meiner Familie zum kleinen Hausaltar am Ende des Flurs, um dort zu singen und zu beten wie die Hirten im Stall. Wir hören aus dem Mund des ältesten Sohnes das Weihnachtsevangelium und gehen anschließend, dem alten Brauch folgend, das Haus ausräuchern.

Anschließend läutet das Glöcklein aus dem Wohnzimmer und die ganze Familie betritt den geschmückten Wohnraum, in dem der große Christbaum, hell beleuchtet, den Raum in das wunderbare Weihnachtsgeschehen hineinnimmt. Wir singen das wunderschöne Weihnachtslied „Stille Nacht“, durch das wir das Wundergeschehen von Bethlehem würdigen. Nach der Bescherung, bei der wir uns gegenseitig Kleinigkeiten schenken, gibt es wie jedes Jahr Bratwürstel mit Sauerkraut und Bratkartoffeln.

Es wird noch gesungen und miteinander gesprochen, bis mein Mann und ich zur Mitternachtsmette aufbrechen. Als die Kinder noch alle daheim waren und im Kindesalter, schleppten sie ihr Bettzeug unter den Christbaum. Sie durften, so wie ich es von meiner Familie überliefert habe, in der Heiligen Nacht unter dem Christbaum schlafen. Der Duft vom Christkind, den rieche ich noch heute, so wie damals vor vielen Jahren, in der ganzen Heiligen Nacht.

Heute, nach so vielen Jahren, habe ich einen Brief von meiner Enkelin Franziska bekommen, der mich sehr berührt. Wir haben unser gemeinsames Feiern mit den sechs Kindern, den Schwiegerkindern und den sieben Enkelkindern wegen Krankheit absagen müssen. Ich hatte alles so gut vorbereitet für das Fest. Kekse warten und Serviettenknödel liegen fertig im Gefrierschrank. Der Schweinsbraten wartet gut gewürzt, dass er am 25.12. in den Ofen geschoben wird. Für den Heiligen Abend liegen die Bratwürstel mit Sauerkraut bereit. Die Kinder, die keine eigene Familie haben, feiern den Heiligen Abend wie immer mit uns. Sie kommen von Wien angereist mit der Freude im Herzen, dass Heiliger Abend ist und das Christkind kommt. Die Kinder mit Familien kommen am 25.12. dazu. Alle freuen sich, wenn sie sich an Weihnachten treffen. Doch dieses Jahr ist alles anders. Mein Mann und ich erkranken an einem Virus. Der älteste Sohn, der in Wien als Lehrer tätig ist, war kurz zuvor krank. Er feiert daher mit uns dieses wunderbare Ereignis, das zu Weihnachten geschieht.

Ich denke an das erste Weihnachten gemeinsam mit meinem Mann zurück, als wir in der Heiligen Nacht vor der Haustür meiner Eltern standen und um Einlass baten. Ich war am Anfang meiner ersten Schwangerschaft zu meiner Tochter Birgit.

Die erste Enkelin Franziska ist nun Hebamme und sie hat mir in diesem Jahr das schönste Geschenk gemacht mit ihrem Brief:

Liebe Oma,

Worte können nicht beschreiben, wie dankbar ich für unsere innige Beziehung bin! Du bist nicht nur meine Oma, du bist eine gute Freundin, eine Vertraute. Jemand, mit dem ich auf einer Ebene sprechen kann, die nicht viele Menschen begreifen. Ich hab dich so lieb und bin so stolz, deine Enkelin sein zu dürfen!

Danke für alles!
Deine Franziska

Ich bin sehr gerührt und fühle Tränen über meine Wangen rollen. Diese Zeilen, die meine Enkeltochter an mich geschrieben hat, sind mein schönstes Weihnachtsgeschenk in diesem Jahr. Ich denke zurück. Wie schnell sind die Jahre vergangen, doch Weihnachten geschieht immerfort in der weitergetragenen Liebe.

Friederike Weichselbaumer

Gott zählt anders –
Weihnachtliche Dankbarkeit

Da hatten wir eine Idee. Als Team unserer Kirche überlegten wir uns, dass es doch unserem christlichen Auftrag der Nächstenliebe entspräche, gerade zu Weihnachten Menschen in den Blick zu nehmen, die mit dem Gefühl der Einsamkeit nicht in freudiger Erwartung auf den Heiligabend schauen können.

Mit der Frage „Denken Sie auch schon darüber nach, wie und mit wem Sie die Weihnachtstage verbringen?", starteten wir unsere Werbeaktion digital sowie per Zeitung und mit Plakaten. Waren wir uns doch sicher, dass sich all diejenigen angesprochen fühlen würden, denen es eher etwas bang ums Herz ist in Erwartung auf das Weihnachtsfest, weil besonders an solchen Tagen die Einsamkeit in den eigenen vier Wänden quälend sein kann. An Heiligabend allein sein und sich einsam fühlen, während andere in der Familie oder mit Freunden beieinandersitzen, kann schrecklich trostlos sein.

Mit dem Angebot, den Heiligabend in der Hoffnungsküche unserer Kirche zu erleben, sollte diese

Trostlosigkeit zumindest für einige wenige Betroffene in unserer Kleinstadt in diesem Jahr in Gemeinschaft und Freude verwandelt werden. Es sollte nicht hauptsächlich um Bedürftigkeit oder Kirchenzugehörigkeit gehen, sondern Menschen jeden Alters waren eingeladen, bei Lichterglanz und Festessen mit kleinem Rahmenprogramm am 24. Dezember einen gemütlichen Weihnachtsabend zu verbringen. Mit Platz für 30 Personen, baten wir um Anmeldung.

Doch zu unserer Verwunderung blieben die Anmeldungen aus. Zwar bekamen wir auf die Zeitungsartikel hin und in mancherlei Begegnung sehr positives Feedback, dass dies eine echt tolle Sache wäre, doch Menschen, die das Angebot annehmen wollten, meldeten sich nicht. Selbst die Verlängerung der Anmeldefrist und die Unterstützung durch lokale Radiosender, die die Aktion bemerkt hatten und es so großartig fanden, dass es mehrmals täglich über den Sender lief, brachten nicht den gewünschten Erfolg.

So hatten wir uns das nicht vorgestellt. Mit einer Anmeldung eines einsamen Herrn und einer Glaubensschwester der Gemeinde, die zwar andere Optionen gehabt hätte, aber so gern unsere Gemeindegemeinschaft miterleben wollte, standen wir nun vor der Frage, ob eine Absage nicht sinnvoller wäre.

„Lohnt sich der ganze Aufwand für zwei Leute?“

Gott zählt anders, wurde uns klar, denn für ihn geht es um jeden Einzelnen! Dieses Wissen machte uns die Entscheidung leichter und wir sollten dafür reich beschenkt werden. So bereiteten wir alles liebevoll vor für einen Weihnachtsabend in kleinerem Rahmen als eigentlich gedacht.

Pünktlich erschienen die beiden Gäste und ließen sehr schnell mit großer Wertschätzung erkennen, wie wohl sie sich fühlten. Mit einem festlichen Essen starteten wir, kamen schnell ins Gespräch, besannen uns auf den Grund von Weihnachten mit einem kleinen Filmbeitrag.

Mittendrin kam noch ein weiterer Gast dazu – einfach von der Straße, wo er das Plakat gesehen hatte und schauen wollte, was es damit auf sich hat. Zwischen Dessert und von der Gitarre begleitetem Weihnachtsliedergesang verging die unterhaltsame Zeit so schnell, dass wir kurz vor Anbruch des neuen Tages den Abend fröhlich beschlossen und uns alle einig waren:

Wir alle durften einen Heiligabend in so schöner Gemeinschaft feiern, wie wir es selten in anderen Jahren erlebt hatten.

Gott sei Dank!

Gabriele Fischer-Schlüter

Gott zählt anders,

wurde uns klar,
denn für ihn geht
es um jeden Einzelnen!

Gabriele Fischer-Schlüter

Die Weihnachtsgeschichte nach Lukas

In dieser Zeit befahl Kaiser Augustus, alle Bewohner des Römischen Reiches in Steuerlisten einzutragen. Eine solche Volkszählung hatte es noch nie gegeben. Sie wurde durchgeführt, als Quirinius Statthalter in Syrien war. Jeder musste in seine Heimatstadt gehen, um sich dort eintragen zu lassen. So reiste Josef von Nazareth in Galiläa nach Bethlehem in Judäa, der Geburtsstadt von König David. Denn er war ein Nachkomme von David und stammte aus Bethlehem. Josef musste sich dort einschreiben lassen, zusammen mit seiner Verlobten Maria, die ein Kind erwartete. In Bethlehem kam für Maria die Stunde der Geburt. Sie brachte ihr erstes Kind, einen Sohn, zur Welt. Sie wickelte ihn in Windeln und legte ihn in eine Futterkrippe im Stall, denn im Gasthaus hatten sie keinen Platz bekommen.

In dieser Nacht bewachten draußen auf den Feldern vor Bethlehem einige Hirten ihre Herden. Plötzlich trat ein Engel des Herrn zu ihnen, und die Herrlichkeit des Herrn um-

strahlte sie. Die Hirten erschraken sehr, aber der Engel sagte: „Fürchtet euch nicht! Ich verkünde euch eine Botschaft, die das ganze Volk mit großer Freude erfüllen wird: Heute ist für euch in der Stadt, in der schon David geboren wurde, der versprochene Retter zur Welt gekommen. Es ist Christus, der Herr. Und daran werdet ihr ihn erkennen: Das Kind liegt, in Windeln gewickelt, in einer Futterkrippe!" Auf einmal waren sie von unzähligen Engeln umgeben, die Gott lobten: „Ehre sei Gott im Himmel! Denn er bringt der Welt Frieden und wendet sich den Menschen in Liebe zu." Nachdem die Engel in den Himmel zurückgekehrt waren, beschlossen die Hirten: „Kommt, wir gehen nach Bethlehem. Wir wollen sehen, was dort geschehen ist und was der Herr uns verkünden ließ." Sie machten sich sofort auf den Weg und fanden Maria und Josef und das Kind, das in der Futterkrippe lag. Als sie es sahen, erzählten die Hirten, was ihnen der Engel über das Kind gesagt hatte. Und alle, die ihren Bericht hörten, waren darüber sehr erstaunt. Maria aber merkte sich jedes Wort und dachte immer wieder darüber nach. Schließlich kehrten die Hirten zu ihren Herden zurück. Sie lobten Gott und dankten ihm für das, was sie gehört und gesehen hatten.
Es war alles so gewesen, wie der Engel es ihnen gesagt hatte.

Lukas 2,1–20

Wenn sich langsam
eine besondere Ruhe und Stille
ausbreitet, wenn der Tannenbaum
im Haus festlich geschmückt wird,
wenn viele Lichter die Dunkelheit erhellen,
wenn wir unser Herz für
die Weihnachtsbotschaft öffnen ...
Dann ist sie da – die stille,
heilige Zeit der Weihnacht!

Birgit Ortmüller

Danke

Lass dich berühren von der Weihnachtsbotschaft,
sie begleitet dich durch das ganze Leben.

Ich bedanke mich herzlich bei allen Autorinnen und Autoren, die dieses Buch mit ihrer persönlichen Weihnachtsgeschichte bereichert haben. Danke, dass Sie uns von Ihrem Weihnachten erzählen. Alle Texte sind wertvoll und berühren unsere Herzen.

Birgit Ortmüller

WISSENSWERTES RUND *um Weihnachten*

Weihnachtskrippe und Krippenspiel

Anders als Worte es können, erzählen auch Weihnachtskrippen und Krippenspiele von der Geburt des Jesuskindes. Im Jahre 1223 ließ der heilige Franz von Assisi in einer Höhle in der Nähe der Stadt Greccio zum ersten Mal das Weihnachtsgeschehen mit echten Menschen und einem Jesuskind aus Wachs darstellen.

Der Weihnachtsbaum

Zum Weihnachtsfest gehört seit vielen Jahrhunderten nicht nur die Krippe, sondern auch der Weihnachtsbaum. Er heißt auch Christbaum. Geschmückt ist der Baum mit glänzenden Kugeln, Sternen, Engeln oder anderen schönen Sachen.

Der Christbaum war für die Menschen schon immer ein Symbol des Lebens und der Hoffnung. Der immergrüne Tannenbaum strahlt Leben aus, im Sommer wie im Winter. Der Weihnachtsbaum erzählt vom Leben, das Gott schenkt. Er erzählt von der Hoffnung, die mit Jesus in die Welt kommt.

Die Kerzen am Baum lassen spüren, wie hell und warm das Licht ist, das von Jesus ausgeht.

Glocken als Christbaumschmuck läuten eine neue Zeit ein: Mit Jesus kommt Gottes Liebe und Friede in die Welt. Engel sind Gottes Boten. Sie bringen die Botschaft vom Gotteskind zu Maria, zu Josef, zu den Hirten und allen Menschen.

Sterne sind Wegweiser in der Nacht. Den Sterndeutern haben sie den Weg zum Kind gezeigt. Sterne aus Stroh erinnern an das Stroh der Futterkrippe, in der Jesus lag.

Glitzernde Kugeln und Ketten erinnern an die kostbaren Geschenke der Heiligen Drei Könige, an Gold, Weihrauch und Myrrhe.

Die Kugeln erinnern auch an Äpfel, die Früchte des Paradiesbaumes.

Friedenslicht

Jedes Jahr vor Weihnachten fliegt ein Kind aus Europa nach Bethlehem, die Geburtsstadt Jesu, und entzündet eine Kerze in der Geburtsgrotte.

Das Licht dieser Kerze wird anschließend in die ganze Welt verteilt – auch nach Deutschland. Viele Menschen holen in der Kirche dieses Licht ab und zünden damit die Kerzen ihrer Christbäume an. Dieses Licht aus Bethlehem ist ein Symbol für Jesus und für den Frieden, den er uns bringt. Denn die Geburt Jesu war für die Menschen wie ein Licht in der Dunkelheit – ein Zeichen der Hoffnung. Jesus lehrte die Menschen, sich für den Frieden einzusetzen. Das Friedenslicht soll deutlich machen, dass dies auch heute eine wichtige Aufgabe ist. Und zwar für jeden: Das Engagement für ein friedliches Zusammenleben kann nicht auf Politiker und die Mächtigen abgeschoben werden. Es hängt von jedem von uns ab, ob auf unserer Welt Friede herrscht.

„Weihnacht", „wihe nacht" (altdt.),
das bedeutet „heilige Nacht",
und daraus wurde „Weihnacht".
Keine Nacht ist also so heilig
wie die Nacht, in der Jesus
geboren wurde.

Vera Lörks

Unsere schönsten Erinnerungen

Hier und auf den Folgeseiten ist Platz für die schönsten Erinnerungen, Lieblingsrezepte, Gedichte oder Fotos.

Bastelvorlagen

Engelvorlage zu S. 136

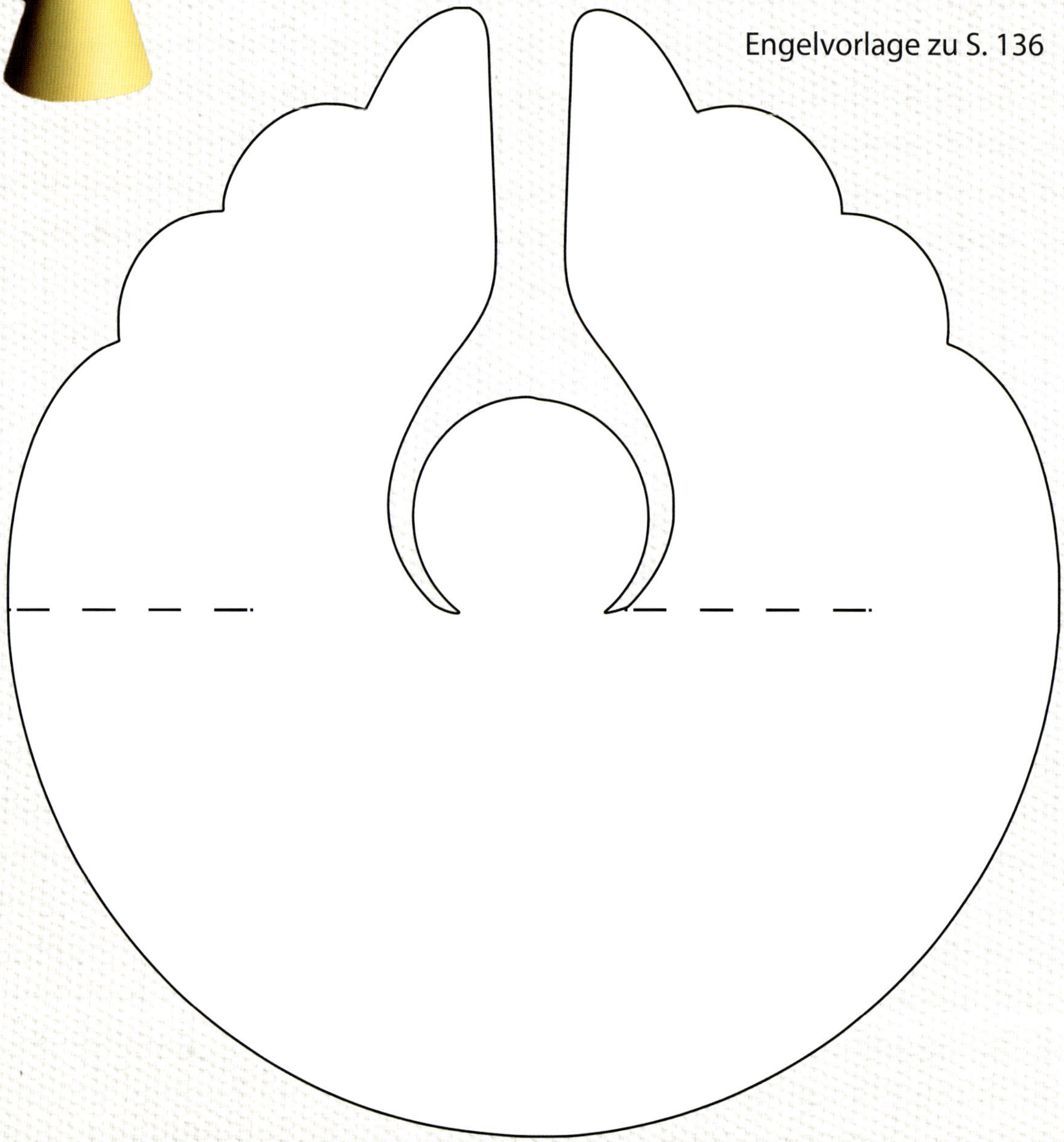

Bastelvorlagen kopieren, Ausschneiden, Kreativ werden

Holz-Engelvorlage
zu S. 136

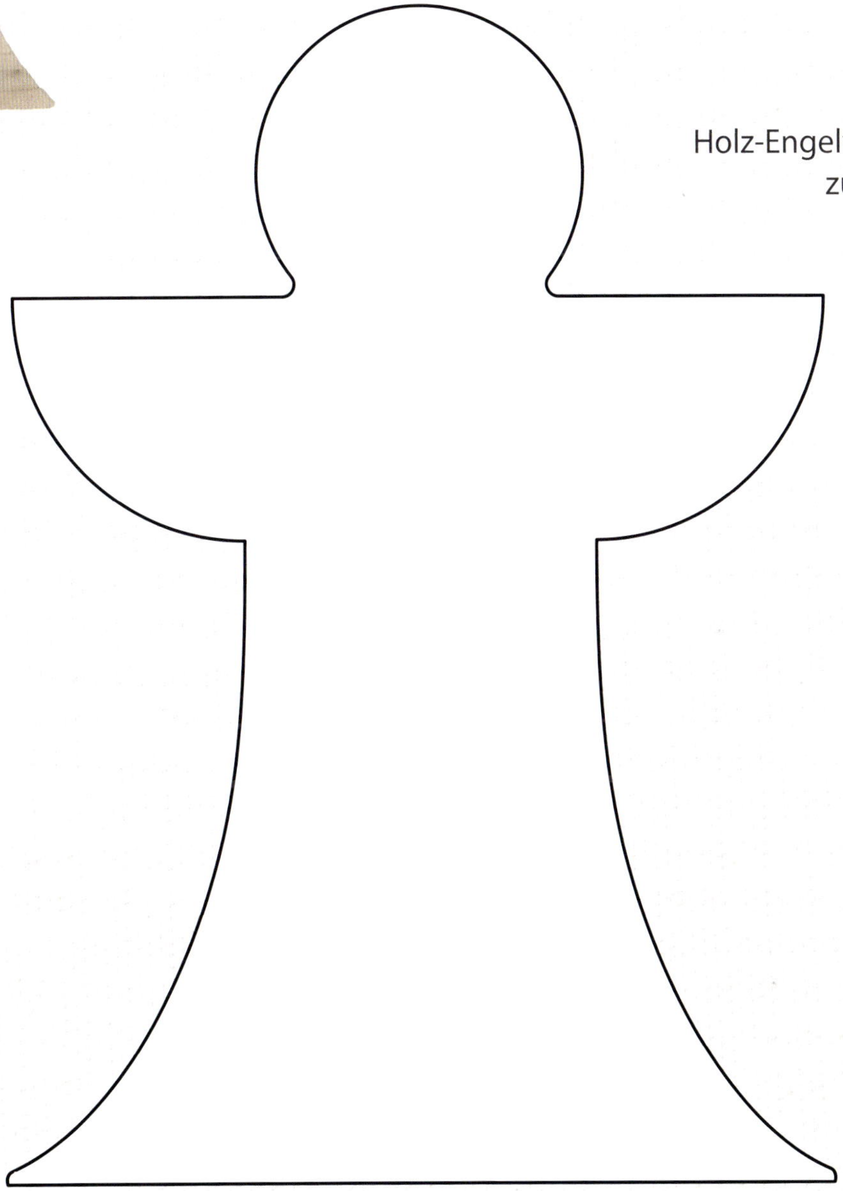

„Kreuzweihnachtsbaum“ zu S. 92

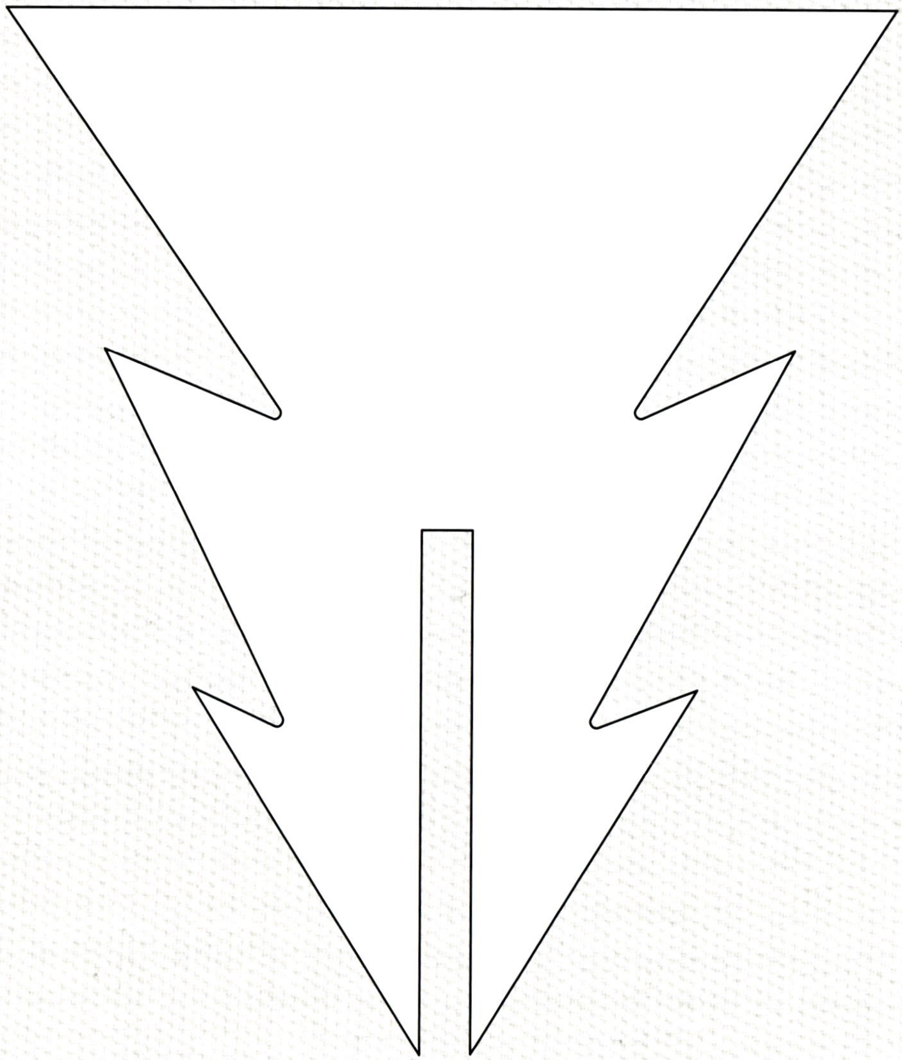

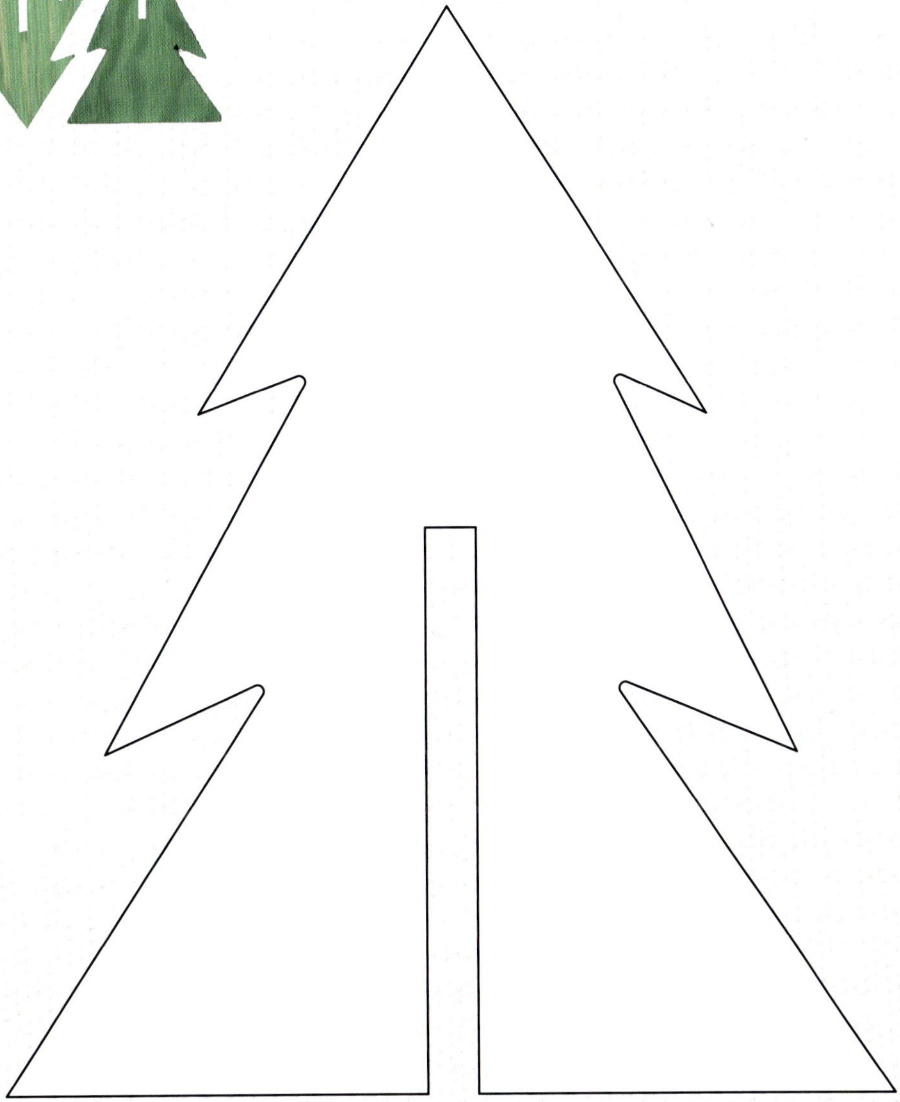

Quellennachweise
Texte:
S. 44: @ bei der Autorin
S. 72, 164: aus: Friederike Weichselbaumer, Weihnachten, wie es früher war,
© 2025 Butzon & Bercker GmbH, Kevelaer
S. 160: © bei der Autorin
S. 172f.: Der Bibeltext ist der Übersetzung Hoffnung für alle® entnommen,
Copyright © 1983, 1996, 2002, 2015 by Biblica, Inc.®.
Verwendet mit freundlicher Genehmigung des Herausgebers Fontis.
S. 176f.: aus: Georg Austen / Julian Heese / Vera Lörks (Hg.), Ein Licht strahlt auf,
© 2022 Butzon & Bercker GmbH, Kevelaer

Abbildungen:
© Olga · Hanna · 18042011 · One Pixel Studio · saltoli · OneyWhyStudio · Rawpixel.com · Stephan · Auguste Lange · Rawpixel.com · Alecs · atlantisfoto · Rawpixel.com – stock.adobe.com

Bibliografische Information der Deutschen Nationalbibliothek
Die Deutsche Nationalbibliothek verzeichnet diese Publikation in der Deutschen Nationalbibliografie; detaillierte bibliografische Daten sind im Internet über http://dnb.d-nb.de abrufbar.

Das Gesamtprogramm von Butzon & Bercker finden Sie im Internet unter **www.bube.de**

MIX
Papier | Fördert gute Waldnutzung
FSC® C020056

ISBN 978-3-7666-3810-6

Umschlaggestaltung: Nicole Weidner, Kevelaer
Layout und Satz: Werner Dennesen, Kevelaer